Bonnie
邦妮

著

空服員邦妮　　從杜拜出發的

飛行日記

揭開機艙中的人生百態
和你所不知道的空姐二三事

這本書獻給

-

我的媽媽
我的家人

-

以及

-

我網路上的家人

序　謝謝你拿起這本書

　　我在台灣長大，期間曾到不同的國家短暫居住或是拜訪。那些飄洋過海的經驗像是一顆顆顏色、種類不同的果實，我把它們都摘了回來，放在這棵在台灣種著的大樹上。無論去到哪，還是時不時會想念著，那棵大樹上溫暖的巢。

　　父母都從事航空業，從小我就用他們的員工待命機票旅行。待命票在業內被自嘲成「乞丐票」，原因是因為航班有空位就上

得去，沒空位就要等下一班。不過，幾乎是各家航空都可以開票。

假如說自家的蘋果航空客滿，但是另一家香蕉航空有空位的話，那就當場開香蕉航空的機票上機。再不然的話，榴槤航空也可以考慮。一切都是隨機應變，像是一道數學題目有好多種解題的方式，個個都算得出令人滿意的結果。

父親對於執行說走就走呢，可說是做到淋漓盡致。青少年時期，我大半夜不睡覺，在當時流行的通訊軟體 MSN 上跟朋友打屁聊天。爸爸敲了敲我的房門，開了一個小小的門縫，探頭進來：「我們去印尼的科摩多島看科摩多龍好不好？」

我停下手邊的鍵盤。
「好啊，什麼時候？」
他低頭看了一看手錶，
「航班中午起飛，妳有一個早上的時間準備，應該夠了吧？」

至於為什麼突然在半夜想到要去看大蜥蜴呢？喔，因為那天晚上，動物星球頻道正在播出科摩多龍的生態特輯。

弟弟非常喜歡去夏威夷，說那是世界上最好最好的地方。於

是，某次父親決定帶我跟弟弟去夏威夷。但到了機場，他才發現
——「哇，去夏威夷的航班已經起飛了，記錯時間了。那可以去
哪裡呢？嗯，下一班出發的航班是去洛杉磯，我們去洛杉磯吧。」

就這樣，當場決定了新的目的地。

媽媽扮演後勤的臨時應變小組，隨時幫我們開票、換錢。我
的童年大概就是這樣，雖然那時還輪不到我煩惱該怎麼計算這些
數學題，不過耳濡目染了這樣靈活的運算方式——

「眼前問題是這個，解決的方式百百種。
好，時間很有限，現在開始解。」

「方法一如果不管用，就立刻改用方法二。
如果航班都滿了，就搭機去其他航點，之後再坐火車，或開車。
如果買不到交通船票，那就找當地的漁夫租漁船。」

對於幸運地生長在航空家庭，並擁有這樣的教育方式，我滿
懷感激。「妳要訓練出無所畏懼的移動能力。有什麼好怕的？去
闖、去嘗試、去碰撞。」父親是油門，不斷地把我踢出去。「在
外頭苦了、累了、受不了了，隨時可以回家。」母親是煞車，不
斷地把我撿回來。成了有趣的平衡。

　　不過兩人口徑一致的是：「長大以後不可以當空服員。」這個行業太辛苦了。「當空服員就把妳剁手剁腳喔。」媽媽開玩笑地說。

　　在大學畢業之前，我沒有想過要當空服員。不過從小接受著航空家庭帶來的好處，卻對其中的心酸似懂非懂。「媽媽做了一輩子的行業，是什麼樣的心路歷程？」加上「世界好大，沒有看過的文化、沒有體驗過的生活方式實在太多了。」「非洲大陸是什麼樣子呢？」這些好奇的心情，帶著我來到杜拜的航空公司。

　　至於為什麼選擇這間位在杜拜的航空公司呢？因為它的航線版圖就跟這座城市一樣霸氣，像一片巨大繁雜的蜘蛛網，覆蓋著許多當時毫不了解的國家──如果想要探險，那就去大蜘蛛那裡吧。

　　過去媽媽飛得很累，下班之後都只想躺在床上，不想出門。她總是裹在白色的床單裡面，只露出一顆頭，我笑她活像條腸粉。她不相信，我就照照片給她看：「妳看，妳是一條腸粉！」。當時還不懂空服員的累，是什麼程度的累。

　　開始飛行的第一個月，我就稍微懂了媽媽工作的辛苦。某天醒來，環顧漆黑的四周卻想不起來自己在哪裡。

「這是紐西蘭的飯店房間嗎？不過記得自己剛剛才在澳洲啊？」但窗簾透出的光影好像是熟悉的杜拜，還得要研究一下才想起來：「啊，對，我飛回杜拜了。」

母親是客艙經理，從她出社會之後就開始飛行，直到現在。空服員的班表是每個月底公布，沒有個固定。但從我小的時候開始，媽媽從來就沒有缺席過我生活裡任何一件事。從小習慣了她這樣在身邊東跟西跟的，自然也覺得理所當然；可奇怪的是，她總是在上班，卻總讓我覺得她隨時都在，到底是怎麼做到的？這大概就是母親的能耐吧。到自己做母親之前，都不可能會懂的。

開始飛行之後，我瘋狂地飛台北班。一天過夜的時間裡面，再搭高鐵回高雄。那段時間，每個月都好累，簡直是站著都能睡著的地步。「妳是馬嗎？」一個組員問我。「馬？什麼意思？」「馬是站著睡覺的。」

因為組員人數龐大，每次跟我一起飛往未知世界的人，都相互不認識。很浪漫吧，不問你姓名和背景，只在乎我們當前共同分享的美景。目睹最壯麗的山海，學會新文化的生活方式，我在旅途上不斷挑戰自己的高峰與墜落心情的谷底，從興奮到氣餒，轉身卻只看得到自己的影子，以及那些我叫不出名字的人。

「沒有說出來的故事實在太孤獨了。」──所以我決定寫下來。

　　從寫部落格到寫書，這些與我一起成長的讀者們，你們認識我比與我共事工作的人認識得還多得多。這本書關乎著這些愛你的、你愛的，成就所有你所做成的這些事。

　　所以，
　　不管你在哪裡，
　　又為什麼拿起這一本書，
　　我都謝謝你。

Content

1

亞洲 Asia
大洋洲 Oceania

當別人問我喜不喜歡杜拜時，我的回答總是參雜著嘆息。

因為這個偉大的城市，是由無數小人物和揪心故事堆疊而成，

但這個世界，好像不是很在意。

一切就是
從這裡開始 _

2014 年 6 月，我大學畢業，剛好遇上杜拜的航空公司史上第三次在台灣開放招聘。距離上次在這裡招募，已經是 4 年前的事了。這間公司的航點是世界最多，能滿足我想要探險的好奇心，也想知道身為空服員的媽媽一路飛來的心路歷程，於是，決定去應徵。

清晨 5 點，我到了台北一家預約制的 24 小時美髮沙龍。真是想讚嘆一下這個城市，居然連做個頭髮都找得到 24 小時的服務，這在許多其他國家聽來絕對是天方夜譚。

這間沙龍隱身在住宅區的二樓客廳，由一對夫妻共同經營。按了門鈴，一位頭髮隨意盤上鯊魚夾的女士來應門。天色還暗著，她打開家裡所有的日光燈，那些日光燈也像是睡過了一晚，過了一會兒才漸漸地明亮起來。客廳擺放著兒童學齡前學走路的八爪魚車。

「真是不好意思，在這麼早的時間來打擾。」我說。

「想請妳幫我綁這樣的空服員髮型。」我拿起手機，秀了照片給她看。「髮際線那些短短的寒毛都不可以出現，如果得要噴上很多髮膠固定也沒關係，麻煩妳囉。」

他們年紀很小的小娃，在媽媽幫我綁頭髮的時候醒來了，她睡眼惺忪地從房間走了出來，抱著一個布娃娃。於是爸爸幫她弄了一碗麥片早餐。

「順利的話，我還會再來喔！」面試分成好多天，如果通過今天的考試的話，之後還得再來一次。

「那就祝妳考試順利囉！」沙龍媽媽樂吟吟地向我道別。

我在便利商店隨意地吃了飯糰配豆漿，早了一個小時到飯店會場，在大廳的沙發區坐下，與陸陸續續進場的陪考生家人們聊天。當時不太想要太早加入排隊的人龍，覺得一大清早，剛起床的面試官心情應該比較煩躁。

與其他考生的媽媽們聊了一個多小時，排隊人龍長到我從大廳都能看見，於是緩緩地加入行列。排了幾個小時，終於進到大型會議室場內。遠遠的前方，兩位考官是白人女子，穿著時髦的花色套裝，配上一雙細跟高跟鞋。她們站在長桌的兩邊，接手考生交上的簡歷，向考生搭一兩句話後，就會把簡歷放入三疊紙張

中的其中一疊。沒猜錯的話，應該是在短短談話的幾秒鐘，就決定第一關是：通過、考慮、不通過。

　　身後會場的門，這時候被工作人員關上，我能聽見門外的咆哮聲以及拍打厚重的門框而發出的碰撞聲音。原來，因為到場的考生實在太多了，主辦單位無法消化，決定只接收到會場門內的考生。許多遠道而來的考生非常不滿，其中不乏特意飛來台灣考試的外國人。實在是很可惜，不過公司也允諾加開場次。

　　「妳在埃及待過啊？」金髮的面試官笑嘻嘻地接過我的履歷，眼光仔細地掃過，就在等待的第八個小時。我在那年初，埃及第二次革命的時候去埃及做志工，那是我第一次踏上非洲領土。

　　「是的。」我回答。站了一整天，她還能保持這樣的笑容，真是十分佩服。

　　「妳喜歡那裡嗎？」她問。

　　我不記得當時如何回應了，只記得她露出貌似滿意的微笑，將我的履歷放入三疊之中的一疊。

　　晚上接到電話，邀請我進入明天的下一輪面試。

隔天的面試，我們在胸前貼上姓名及編號，圍成一個 20 人的大圓圈後坐下。每 3 人分成一小組，一組被分派一個城市。

　　「假設客人問你，關於這個城市好玩的活動、景點，你們要怎麼介紹呢？即便沒有去過這裡，也完全沒關係。內容可以隨便你們編喔。」

　　我們這組拿到的是印尼雅加達。同組的台裔歐洲籍男生，飛快地說出了一大串印尼美食及景點。我想到的是各種極限運動及夜生活：跳傘、水上摩托車、滑翔翼、潛水……，同組的另一個台灣女生覺得介紹極限運動比較自在，我就負責說酒吧、DJ 及夜店，分配得很清楚。因為是團體考試，除了顧及自己的表現之外，能不能幫助隊友一起成功也是關鍵。

　　面試官在各組討論的時候，繞著大家遊走，手上拿著筆記本不停地註記。團體之間要如何和睦地互相幫助，遠比呈現出來的結果重要。

　　空服員之所以會限制身高，最重要的原因是要關機艙頭頂的行李櫃。後來加入航空公司之後，才知道許多行李櫃是極度沈重

的，工作時，我都必須先雙膝微蹲，以一種助跑的方式用力推上。在測試單手摸高 212 公分之前，會場的洗手間各個都被佔用⋯⋯

「每間都有人在裡面吊單槓。」其中一個在補妝的女生雲淡風輕地說。「雙手抓著門框最上方，整個人離地，手臂會被拉得比較長。」「天才！」我笑得不能自已。

摸高的同時，面試官會仔細端詳考生，確認身上沒辦法被制服遮住的地方，是否有刺青、傷疤。被人近距離研究真是一件挺彆扭的事，就像在回顧從小到大的受傷歷史，只好慶幸過去的頑皮沒有在身上留下明顯的痕跡。

每一個關卡結束後，會被請出場外休息。再度開放進場的時候，投影幕上會出現順利進入下一輪考生編號。有一種選美佳麗 20 強、15 強⋯⋯這樣的錯覺。

即使全程是用英文面試，還是得通過英文的筆試才行。筆試並不是太刁鑽，大概是台灣考高中的程度。

這時已經入夜，最後就是今天流程中，最精彩的環節了：處理顧客抱怨的角色扮演。情境是這樣的：

「你是飯店經理，有 10 個不同角色的客人都成功地預訂了你

的飯店，並且都現身大廳要 check in。不過因為網路系統出錯，你只有兩間空房。今晚，這個城市的其他所有飯店都客滿了。你要把這兩間空房給誰？為什麼？如何安撫其他人的情緒？怎麼補償？」

客人角色包含度蜜月的新婚夫妻、名媛、知名旅遊作家、今晚在此飯店開記者會的政治人物、每月要來附近定期產檢的孕婦、有重要考試的學生、有重要生意要談的商人、已經入住飯店，但浴室漏水的客人、此飯店的高層經理人。

大約 15 個考生圍成一個大圓圈，考官讓我們討論要把房間讓給誰，不論給不給房間，都必須討論出個原因。不過結果並不重要，重點是：想知道考生在團體解題時如何表現、在與他人意見相左的時候怎麼化解。

之後考官隨意點名：「邦妮，妳先來。假設我是名媛，妳是飯店經理，我們開始。」考官瞬間入戲，拉長表情，毫不留情地進入氣憤的角色，不斷地丟出犀利的問題。於是我身為飯店經理，只能沉住氣並不斷地道歉，再附上數種補償方式。

「啊，對不起。今天飯店都滿了，不過你可以來睡我家。」其中一個女考生在考官接連的窮追猛打下，緊張地說。考官硬是

停頓了一下，我噗哧一聲大笑出來，覺得這樣的回答實在是太可愛了。

接著來到考試的第三天，由一個考生面對兩個考官。我們在小房間裡隔著一張辦公桌坐下來，這樣近距離的深入談話，我反而十分自在。

一名考官詢問我過去的經歷，其中不乏說說文化衝擊、與國籍不同的人起爭執時該如何包容化解，以及過去工作或擔任志工時是否有過失，但立即修正彌補的經驗等。這名考官像是好奇心旺盛的新朋友，想知道我的生活故事一般；另一名考官則快速地打字，記錄下所有對話。

大約一個小時的最終面試，就像一段與姊妹的下午茶聚會，愉快地結束了。

面試結束之後，我便搭上飛機，到美國舊金山過生日。之後繼續飛向巴西里約，參與世界盃足球賽的盛典。剛剛畢業的那一段自由自在的日子啊，想起來真的是樂悠悠地，實在是很羨慕當

時的自己。

　　從巴西回台灣之後，我在台北車站拎著大包小包的行李。口袋裡頭的手機不停震動，顯示是從杜拜打來的。

　　「哈囉，你好嗎？這裡是航空公司。」

　　「你好。」車站裡頭人聲鼎沸，我被路人撞了一下，根本聽不清楚電話那頭在說什麼，於是我開了擴音。

　　一位操著厚重印度腔的男士說：「恭喜妳，妳被錄取了。喂？妳聽得到嗎？妳被錄取了喔。」

✈ Dubai, U.A.E.

你好，杜拜
初次見面 _

　　在收到杜拜航空公司的錄取通知之後，會收到一張時程表。列出新人在飛來杜拜之前，要完成的事項。比如說必須施打的疫苗，黃熱病、B型肝炎等等一長串，為往後各處飛行做準備。手續的最後一個步驟，會收到一張從家鄉飛往杜拜的機票。家人送我到桃園機場搭機的那一個晚上，我們道別成一團團皺巴巴的衛生紙。

　　我的眼淚在航班上還是繼續亂七八糟地掉。哭也是挺累人的運動，最後就睡著了。醒來之後，降落到了全新的生活。阿拉伯文的落地廣播好像是在說：

　　「喏，這個陌生的地方是妳的新家喔。」

　　杜拜機場裡頭，一個圍著領巾的接機人員舉著一張板子，上面寫著我們幾個新人的名字。他領著我們辦理完手續，就派車把大家分別送到宿舍。宿舍地點散落在杜拜各處，有些在市中心，有些在比較偏遠的地方，被分到哪裡就是看運氣了。

　　同屋子裡住的是什麼國籍的組員，也是要搬進去才會知道。不過當時因為宿舍不夠，我跟另一個台灣新人潔妮芙，暫時被安排入住公寓飯店。跟大部分同一梯次加入的各國新人一起。

　　公寓飯店跟宿舍擁有一樣的格局，二房或三房一廳，每個人

有獨立的臥室及浴室。潔妮芙比我大幾歲，生活比較整齊有章法；而我，是活得比較鬆散的那個──

「潔妮芙，我不會綁包頭。」於是每天早上要去訓練之前，她就會幫我綁頭髮。

「烤箱怎麼用啊？為什麼都不熱啊？」

「總開關沒開啊。」

「今天的功課是什麼啊？」

「第一章到第五章，明天會考試喔。」

說自己幸運吧，生活中總是能遇到這樣會照顧人的角色。

七個禮拜的訓練期間，前幾天是生活大綱簡介，在大型演藝廳進行。同一梯次加入的一百多個新人按照員工編號排排坐。各部門的代表輪流介紹國家及公司的規定。

「空服員在執勤的時候，是不能睡著的，工作時間睡覺會被資遣。」其中一個教官這麼說。

當下真是晴天霹靂。從求學時期，我就是上課一直睡覺的那個同學。也不是真的故意睡覺，就是會不停睡著。大家也習慣了，老師會開玩笑地要隔壁同學幫我蓋被子，或是說：

「大家上課小聲一點，不要吵到同學睡覺。」

有一次我睡著了，上半身向著地板彎成不符合人體工學的姿

勢。過了半小時才被叫醒，全班都以為我在撿東西。

把鏡頭拉回杜拜。

「第一排的中間那個。」第一天的生活大綱簡介課堂裡，台上的長官發現我在打瞌睡。
「邦妮、邦妮。」我被四周的同學叫醒。
接下來七個禮拜的訓練，以機型理論課開始。雖然硬撐著想要保持清醒，不斷地堅持寫著筆記，但是因為還是睡著了，所以筆記本上的字母慢慢地從整齊變得潦草，接著出現鬼畫符，以捲曲的抽象畫作結尾。可以研判出我在什麼時間點進入夢鄉。

「邦妮，想睡覺就站一站。」
每個教官都知道我的毛病，過了幾天也不用他們提醒了。課堂進行當中，我就會自動起身，站在教室後面。他們替我取了綽號：「站（睡）了七個禮拜的台灣女生。」

好啦，玩笑歸玩笑，訓練的過程很嚴格的。比我早加入公司的美國女生，因為沒有通過考試，被放到我們班上重新上課。之後還是沒有通過，就被送回家了。

　　實作課程在模擬機艙裡操演，各種緊急事故的應變方式。客艙失壓、客艙冒煙、引擎起火、緊急降落陸地、落水、如何使用各種安全器具，喊什麼口號，都要經過考試。同學考試的時候，其他人會被分配不同的角色，像是恐慌失控的乘客，稍微營造出實際事發時慌亂的環境。

　　危機事故發生的同時，除了事故本身，還可能發生照明系統失靈、機門打不開、逃生筏無法充氣、其他機組員昏厥⋯這樣無數的變因。「課堂不可能告訴你當下會遇到的情況，只能盡可能教會你各種事件的處理方式。危機發生的時候，這些訓練的記憶片段會出現，幫助你保持冷靜，安全地度過危險。」教官說。

　　這與媽媽總是說的：「慌亂的時候，必須更加冷靜」不謀而合。

　　緊接著的是醫療訓練，從出生到死亡的重要章節都得學過。接生、急發病症的症狀、機上的應對藥品、CPR（心肺復甦）、AED（體外電擊）、大體處理。當時對醫療領域十分陌生，是我覺得比較吃力的部分，不過擁有醫療背景的同學就顯得得心應手。飛航安全訓練的制伏捆綁術、合格的服表儀態、專業的服務知識，這些都在訓練期間完成。

　　除了密集的訓練，還加上必須快速適應生活環境的壓力，以及克制想家的心情。當時一起訓練的同學是彼此的後盾，相互支持著彼此。這七個禮拜像是一場馬拉松，如果發現同伴在比賽中漸漸慢下來，就會拉著對方一起跑。

　　「欸欸欸，堅持住喔，不要慢下來！加油！加油！」這樣扶持出的革命情感，在往後日復一日的飛行當中比較少見。所以直到現在，身邊最好的朋友，還是那些當初一起起跑的隊友。

　　訓練的日子在第一個班表出來的興奮情緒當中告一個段落。

以兩班 Supy 航班起頭（Supy 航班是讓新人上線了解實際機艙流程的學習航班），我們在訓練中心相互分享被分派到的航點。

「我拿到英國倫敦跟印度孟買。」希臘同學說。

「我拿到西班牙馬德里跟沙烏地吉達。」克羅埃西亞同學說。

而我的 Supy 是法國巴黎和巴基斯坦卡拉奇。

這個過程好像是在衝浪，剛開始從學滑水開始，上線飛行之後，總是還是會掉落水裡，吃水、嗆水、受傷。不過踩久了就能適應這樣的生活方式，不斷地在時區的浪潮之中被往前推進。

寫這篇文章的時候，我想起了當初不斷落水再爬起來的狼狽模樣，既不華麗也不輕鬆，回憶起來卻讓人會心一笑。

我們都是
飄洋過海的工作者 _

　　我從杜拜購物中心攔了計程車要回家，司機笑瞇瞇地迎接，問我從哪裡來，「台灣。」我說。「你呢？」「孟加拉。」他說。「天啊，我今天晚上就要去孟加拉！」我興奮地說。

　　「我的天啊～」他張大眼睛。他說家裡有一個剛出生的兒子，不健康，所以老婆很辛苦，在孟加拉照顧孩子。

　　「你多久回家一次？」我問他。
　　「一年。下次回去，希望兒子能順利長大。」
　　「一定會的。」我也只能以一個陌生人的角度，想關心，卻無能為力地安慰他。

　　「你在孟加拉住在哪裡？」他問我。
　　「威斯汀飯店。」我說。
　　「啊，那裡離我家兩公里就到了。」他說。

　　之後我們互相訴說自己想家的心情，車行駛到我家門口的時候，他突然臉色暗了下來。支支吾吾地說：「我可不可以請妳幫我一個忙？」
　　「你說。」
　　「我可不可以寫一封信給我妻子？妳幫我帶到孟加拉？」

「當然好啊，可是我要怎麼給她？」我問。

「我叫我的弟弟去妳的飯店拿。」

「好。」我們兩個人都沒有紙，所以我把剛剛購物的提袋撕了一片下來。我給了他我的聯絡方式，請他弟弟明天跟我聯絡。

「實在太感謝妳了，我老婆一定會很開心。」他轉頭看我的時候，眼眶含淚。「這趟的計程車錢就算我的。」他說。

「別鬧了，該付的錢還是要付。」我大笑。

我小心地把這張紙放在手提包裡。突然覺得這種小小的善意，就是我旅行的意義。

第一次踏入孟加拉首都達卡（Dhaka），是三年多前的事了，當時我覺得孟加拉甩了我一巴掌。

在那趟旅程之後，我陷入一個不知道到底要不要寫文章的矛盾。想寫，因為實在太震驚了；不想寫，是因為不知道寫不寫得出所看見的十分之一。文字太輕，所見太重。

這輩子沒在一天裡看過那麼多人，原以為東京街頭的尖峰上下

班時間，或紐約時代廣場跨年倒數的人潮已經是極限了。顯然不是。

我跟一個美國女孩坐在導遊車裡，往舊城駛去。窗外就像播著一場演不完的電影，太多事情同時發生了，我根本來不及、跟不上。擠滿人的公車，車頂上還坐著人、瘦得見骨的一家人坐在安全島上、一波一波的人潮像浪一樣打在街上。

走進粉紅宮殿（Pink palace），裡頭充滿來約會的情侶及攜家帶眷出門踏青的家庭，我們在看文物，他們卻像在欣賞人形石像一般，圍繞在我們周圍，並且還排隊要求合照，似乎是覺得我們比文物更有娛樂性質──因為當地沒有幾個外國人。

碼頭邊人來人往，有隻狗躺在地上，大腿上一個巴掌大、嫩粉紅色的洞，深得見骨，蒼蠅妄為地在牠身邊圍繞，那傷口看來已經在那裡好一陣子了。但沒有人在意，在當時的場景之下，流浪狗腿上的大洞，似乎是大家最不在意的問題。

第一次去達卡，我沉澱了好幾天。可能是當初未涉足世面太深，突然理解到，那筆自己理所當然落居一晚的飯店錢，是辛苦人得工作好久好久才能存攢的生活費。突然懂了，世界上人們生活辛苦的程度，跟努力及智慧是不一定成正比的。生長在社會底

層的人口，即使比你我更認真地生活，也可能得不到應有的報酬
──但這並沒有停止他們奮鬥。

　　杜拜是一個奇怪的地方，很多職業分別以國籍區分，所受到
的尊重也是以人種來評判。杜拜的勞工派遣公司會到孟加拉的小
村莊裡找勞工，告訴他們在杜拜能夠賺很多錢，讓他們寄回去養
家；但在這裡，他們所受到的盡是不人道的對待──這一點，是
勞工派遣公司忘記跟他們說的。

　　某一次在杜拜機場前，我推著行李要走過斑馬線，對面有三
個孟加拉勞工，穿著黃色反光連身服，正向著我這裡走來。交通
警察像是趕羊趕牛似地，吼著他們走快一點，好讓車流通過。但
當準備要搭飛機的外國人穿越時，即便動作再慢，交通警察吭也
不吭一聲。

　　我的西班牙朋友 Alejandro 是一間西班牙餐廳的主管，餐廳
的化糞池破裂，地下室淹了膝蓋高的各種排泄物。餐廳請了幾個
孟加拉工人來修理，Alejandro 驚訝地說，這些工人穿著破破的上
衣，完全沒有任何防護措施就來了。Alejandro 問他們有沒有手套

或防水的鞋子？他們搖搖頭。因為怕自己的鞋子會髒掉，這些工人在走進淹著排泄物的地下室前，還把腳上的鞋子脫掉。

「這樣非常容易感染，而且萬一地上有個尖銳物品，把他們的腳底劃破了，這麼髒的水進到人體還怎麼得了？」在呈報高層這樣的狀況時，高層也只是聳聳肩。彷彿在說：這就是命啊。

「從他們的眼睛裡，好像看不到靈魂了。」我記得某一次在做孟加拉航班的時候，一個男組員這樣跟我說。眼前機艙坐滿了這樣辛苦的勞工，棕色的眼睛就空空地瞪著遠方，也不是真的在看什麼，卻眨也不眨。我覺得如果「害怕」有個模樣，可能就跟這樣很像。

我特別心疼那些得不到應有尊重的那一群人，因此不管是在生活中，或是在工作崗位上，總是對他們特別柔軟。

我們飛機上的影視系統有各國電影，但不是每個人都知道怎麼找。所以我會記下孟加拉電影的編號，上前去詢問那些盯著半空中發呆的客人要不要看電影，通常他們都會說不要。但是只要我一幫其中一個人轉到孟加拉電影的編號，附近的人就都會說，他們也要。收餐的時候，我會問他們有沒有吃飽，還餓的話就再送上一份餐。機上有拍立得，通常是特殊時候使用，但我會巡著客艙，一一

問他們要不要拍張照片回家做紀念。有個人小小聲地跟我說，除了護照跟簽證的照片，這是自己擁有的唯一的一張照片了。

當我手捧著尊嚴，要交到他們手上的時候，他們滿臉驚恐。但在知道我是真心要幫他們的時候，他們會小心翼翼地接受。

同是飄洋過海來工作的「勞工」，我自認已經受了不少委屈；卻無法想像他們在杜拜所經歷的每天每天，是如何的辛苦。

這又是為什麼，當別人問到我喜不喜歡杜拜的時候，我的回答總是參雜著嘆息。因為這個偉大的城市，是由無數小小的人物和揪心的故事堆疊出來的，但這個世界，好像不是很在意。

 Singapore

菜鳥空服員的
歡迎儀式 _

第一次正式上線飛的空服員，被稱之為 Supy。

他們基本上不用工作，但是要觀察工作的流程，熟悉飛機上面的各種軟硬體。不管是安全緊急應變、醫療緊急治療或是服務流程，我們在受訓的時候都會實際演練過很多次。但是在課堂內平心靜氣的操演，與實際工作上的波濤洶湧是截然不同的景象。好像是在水族館裡的魚，突然被放進大海裡生存一樣。

因為第一次上線，什麼都不清楚，Supy 通常會覺得手足無措。如果那天的班機不是很忙，大家心情又好的話，依循公司的傳統，會惡整一下 Supy。聽說過一些比較有趣的惡作劇，比如說：其中一個組員打機內電話給 Supy，假裝是其他飛機上的機長。

「您好，航班 372，我是大英航空的機長大衛。」

「啊，您好您好。」

「我們的飛機在您的飛機後頭，距離有一點太接近了。想請您趕快去向您的機長報告，請他飛快一點。」

「好的，好的。」然後就見 Supy 一溜煙地衝向機長室。

當然啦，機長也是參與整人計畫的一員，所以也嚴肅地配合出演。

或是，在非洲航班的飛行途中，組員遞給 Supy 一根香蕉跟一顆蘋果。

「我們要請妳到貨艙裡頭餵拖運的大象。」

「啊，有大象？那要怎麼去貨艙呢？」

「貨艙可以從機長室裡頭進入。去問機長，他會幫你開門。」

Supy 一手拿著香蕉，一手拿著蘋果，就進去機長室了。

在外站，機長跟 Supy 說：

「我的信用卡刷不過，沒辦法付飛機的油錢。這樣的話，我們可能飛不回杜拜了，可不可以先借你的卡來付？」

「那大概要多少錢呢？」

「嗯，大概要 35 萬台幣。」

「35 萬！我付不出 35 萬啊。」

「糟糕，那我們可能回不去了，麻煩你去向其它組員募款好嗎？」

又或者，在行駛至外站飯店的途中，客艙經理突然轉頭問 Supy：

「你應該沒忘記要先上網訂飯店吧？」

「什麼？！沒人跟我說要事先訂啊？」

「啊，糟糕！」客艙經理面有難色，「你可能要自己拖著行李箱去市區找飯店了。」

——這些玩笑真是壞透了。不過，這就是我們好笑的歡迎新人傳統。

這天，在執勤的新加坡航班上面，有兩個 Supy。一個日本女生，一個波蘭女生。那天班機不是太忙碌，所以黎巴嫩籍的座艙長決定延續整人的傳統。他先跟整組二十多個空服員以及澳洲籍的客艙經理串通好。當然啦，兩個 Supy 被蒙在鼓裡。

這個玩笑的背景是：公司希望組員固定時間檢查一次廁所，除了確保整潔，也預防乘客在裡頭昏倒，沒有被發現。黎巴嫩座艙長把巧克力加熱後，捏出排泄物的形狀，塗在乾淨的尿布上面，放到廁所裡，再很嚴肅地把大家全部叫到廁所前面。

「各位，這是很嚴重問題！一個多小時前，我來檢查，這個尿布就在這裡，現在它還在這裡！表示根本沒有人檢查廁所！這是安全問題！」座艙長一手拿著尿布，另一隻手伸出食指，挖了一口尿布上的巧克力，放進嘴裡。

「沒錯，這是糞便。」他很冷靜地說。

　　我們每個人憋笑到快要受不了了，但還是很配合一直發出「哎額，天啊。」之類作嘔的聲音。座艙長把拿著尿布的手，伸到澳洲籍的客艙經理面前。他順勢挖了一口，舔了一舔，認同地說：「對啊，真的是大便。」

　　這時候，兩個 Supy 眼睛瞪得很大，一直乾吞口水，心裡應該是想：這些空服員是不是都飛到瘋了？接著，座艙長把尿布遞到在兩個 Supy 面前。
　　「妳們也試試看。」他說。

　　波蘭籍的女生張大眼睛，直瞪著尿布，嚇得說不出話，搖了一搖頭。座艙長盯著日本女生說：「那妳嚐！」

她真的挖了一口放進嘴裡！

　　吃了之後，她整個人癱軟在地上，
　　「那是巧克力啊！」她露出逃過一劫的表情，笑得岔氣。
　　其他人在一旁笑瘋了，同時驚嘆著，這個組員的服從性實在是太驚人了。

有愛的人的地方，
哪裡都是家 _

離開家鄉，才發現自己是一個挺常哭的人。現在回想著過去幾年裡，每個印象深刻的畫面，幾乎都有掉眼淚的情節。好像是螢幕電腦中毒，大量的視窗迅速地跳出來，層層疊蓋著，播放著一個個怎麼哭了的故事。這些回憶裡，大都儲存著一段情緒的記憶，仔細想起來，畫面的細節有些模糊，但當下揪心的感受卻格外清楚。

七個禮拜的空服員受訓，聽起來不痛不癢的，其實節奏非常緊湊。那時 22 歲，像是一顆被坐扁的菠蘿麵包。卻被要求要武裝得很有朝氣、新鮮出爐的樣子。杜拜的氛圍使得你硬是假裝也好，就是不能軟弱。在這裡工作的人，沒有多餘的時間和精力包容你的傷痛或是懦弱，你得要很好。

除了要適應杜拜這個完全陌生的城市，我們還得花精力建立友誼。到這裡誰也不認識，什麼都沒有，只能多交交朋友，盡量互相照應。每天天還沒有亮就要起床，不停地上課、唸書、考試。

　　這裡還是一個規矩非常多的城市，公司更是充滿堅硬的制度。比如說：他們會告訴你，大至遲到或是考試沒過，小至妝髮不合格，就會給予程度不同的警告。警告幾次之後，就會把人辭退。或是前半年的適用期，即便放假也不能離開國界，所以不可以回家。英國同學在工作的時候，拉傷背部，一直好不了，但是當下沒有立刻開立工傷證明，因為好幾個月沒辦法工作，就被送回家了……

　　這樣的情況，理性來說是很合理的，不過一群剛出社會的年輕人，就像是一群搞不清楚狀況的綿羊，被牧羊犬趕來趕去的，並被告知：「分心脫隊的話，就慘了喔。」這樣的精神壓力也是不小，以令人生畏的方式，讓新進人員在短時間內，被塑造成理想中的樣子。那時遠距離的感情也不爭氣的出現裂痕。講起來就是，心智還不夠強壯，就被丟在沙漠裡。當時很想家，非常、非常想。

　　菠蘿麵包扁了，就只能學會做一個新的。被逼迫著快速成長的階段。

　　第一個班表出來了，裡頭唯一離家近的航點，就是新加坡。媽媽聽說之後呢，就堅定地說要帶弟弟去新加坡找我，一起擠飯

店房間。這大概是當時覺得最快樂的事。約定好了，他們會在飯店的大廳等我。

航班上組員互相詢問：「在新加坡要做什麼？」的時候，我會開心地回答：

「家人要來找我喔。」

「特意從台灣飛過去嗎？」

「是啊。」

「哇，太令人羨慕了。」

樟宜機場很大。在海關之後，還要繞過幾家免稅商品店，才會到行李轉盤區。邊跟組員聊著天，邊朝著行李的方向走去。

媽媽的招牌 polo 衫加上刷破牛仔褲，出現在遠遠的前方。我蹬著高跟鞋，拖著登機箱，朝向前方狂奔。他們從落地之後，就在行李轉盤區等了我幾個小時。媽媽張開雙臂，眼睛笑成兩條彎彎的線：

「女兒啊！」。

接下來的一切都是非常模糊，我抱住他們，眼淚像蓄水池洩洪一樣，落成兩條河。也不在乎還身穿制服，不在乎其他旅客的注目，或是臉上的妝是不是花掉。

原來極度開心是真的會激動落淚的。

電影裡面的求婚場景，總是會有人哭。小時候曾經疑惑地想：「這是一件很正常的事嗎？是不是如果被別人求婚的時候，沒有驚訝地搗著半張臉，流下淚來的話，是一件很不禮貌的事情呢？」天真的幻想，要是這件事情發生在自己身上，哭不出來的話，要怎麼硬擠出眼淚呢？

「真好。」看著我們家人相擁而泣，身後眼眶也染上水霧的組員輕輕地說。

拖著行李箱走出機場的一整路，一串一串的眼淚不停落下來。不知道在外頭接機的人群會不會以為：「這個空服員在飛機上受了不少委屈喔。」

有媽媽在的地方，就可以大肆地點菜。好一陣子沒有吃到道地的亞洲食物了。在杜拜，什麼國家的料理都找得到，正統的菜色卻不多。要不就是得投入時間跟心力尋找，要不就是得花費昂貴的代價。受訓的時候，哪有這麼多錢哪……只能自己下廚了，但還真的不會做菜啊。自己亂亂煮一通，就亂亂吃。

做得出最高級的料理，就是聽著媽媽在電話那頭的指示，一步一步做出雞湯或是魚湯，非常有成就感。「原來雞湯是這樣來的啊，好像也不是太難嘛。」一鍋可以喝上好幾天。但現在在新加坡，有媽媽當靠山，把過去幾個月沒吃夠的，在一天之內都放進肚子裡保存起來。

「妳們先睡，我再睡。不然我開始打呼，妳們就睡不著了。」弟弟躺在隔壁床上發出警告。「沒關係啊，你呼吧。」想念家人的時候，可能連他們的打呼聲都特別溫馨。

他開始假裝打呼，我故意發出更大的呼聲。他又更大聲，接著我們兩個鬼吼鬼叫成一團。媽媽躺在一旁玩平板電腦的遊戲，沒有任何反應。

「欸，媽，妳呼兩聲來我們聽聽。」
「我才不要跟你們鬧。」
「也對，仙女是不打呼的。」
「哎呦，你們害我這一關又死了。」

在新加坡的飯店房間裡，我覺得我回到了屬於自己的地方。心中充滿無比的幹勁，好像世界上再也沒有什麼事情能夠難得倒我了。

有愛的人的地方，哪裡都是家。

對啊，
我們熱門是理所當然的！ _

　　如果要稍微了解世界各地的人口特質，可能從國際線的空服員的口中可以略知一二。以世界上最大的民航客機 A380 來說，500 個客人擠在狹小的空間裡面，多飛幾趟就有幾千到幾萬個目標對象可以觀察。雖然說這麼下結論有點太粗略了，實際上要做實驗還有很多變因，不過還是可以大略感受到該國的人口民情。

　　以飛機上發餐的例子來說，假設當天餐點的乘載比例是雞肉七成、牛肉三成，那麼牛肉發完就沒有了。有些國家的人講話非常有禮貌，但如果沒有拿到想要的餐點，便會有些生氣；有些國家的人，相較之下不會把「請、謝謝」掛在嘴邊，但是沒拿到想要的餐點卻隨和地覺得沒什麼關係；有些國家的客人只在乎拿得到餐點，根本不在意吃的是什麼。

　　另外一些國家的客人，如果我說：「真是抱歉，我沒有牛肉了，不過我可以給你兩份雞肉喔！」，他們便會十分開心地接受。這樣的玩笑在其他國家的客人耳裡聽起來，並不一定順耳。總之，在了解當地客人的性格之後，便能拿捏要怎麼處理問題。

　　某些區域的航班，在登機時就會時常出現旅客抱怨，或是客人互相吵架，甚至打起來。可能是因為搞不定座椅扶手該不該放下，或是覺得前方客人座椅往後傾倒，侵佔到他的空間，要不然就是因為其他客人移動他的行李，而動手推擠對方。

　　這種情況，在這些航班上屢見不鮮。空服員對這樣的航班敬謝不敏，即便航點十分漂亮，能不要飛就不要飛。

　　華人的航班，除了有時候外籍組員要面對語言隔閡，一般來說都是非常好做的。不過亞洲航班上獨有泡麵服務，時常搞得外國組員一個頭兩個大。因為有些外國人從來沒吃過泡麵，更不知道該怎麼泡才正確。我常看他們熱水只加了一半，紙蓋子也撕掉了，以為這樣就會泡好。

　　「怎麼才剛吃完晚餐，又要吃泡麵呢？」這是他們時常出現的疑惑。

　　「因為華人的飲食文化裡頭，沒有熱湯結尾，就會感覺缺少什麼。」我這樣解釋。

　　我完全理解亞洲人想吃泡麵的心情，記得小時候跟著媽媽去上班，在長程的航班上最愉快的事情，就是在暗暗的機艙裡，窩在椅子上吃一碗「來一客」。

　　台北航班十分受歡迎，因此我實在很難有機會能夠回家。想要拿到特定航班有兩種方式，一種是事先申請，另一種是跟同事換班。但因為很多人申請台北班，所以拿到的機會不大，拿到的同事又不願意換掉，所以想要飛到這個航線，是幾個月才難得一遇的。

　　台灣人很有趣喔，聽到我說「台北班很搶手」的時候，會驚訝地問：「到底為啥？台灣有啥？」

　　這跟外國人的反應不太一樣。比如說，歐洲熱門的航班，像是法國尼斯。尼斯來的人，可能只會聳聳肩，「對啊，我們很熱門是理所當然的啊。」這個樣子。

　　說起來也是挺奇妙的，當初為了探索世界來到國外，不過班表上出現最讓人安慰的航班代碼，卻是 TPE（台北）；在各地的航班上交手過不少皇室成員、國際巨星，但是最讓人開心的，卻是遇到嘰哩呱啦說著中文夾雜台語的台灣旅行團。

　　印象最深刻的兩班台北航班，第一班發生在進公司後的半年，某天接近午夜的時候，準備要跟朋友出去玩。一個陌生的號碼打來，我遲疑著要不要接……

「妳好，這裡是公司排班處，請問妳現在能飛嗎？」

「你有台北嗎？」我顫抖地問，已經好久沒回家了。

「有的。」他說。

「好的，我飛。」

掛掉電話之後，我興奮地手舞足蹈，急忙向家人宣布好消息。那次大概撐了一天半沒有睡覺，不過，精神卻像金頂電池一樣電力飽滿。

另一班台北班，是我用法國尼斯換來的。當時寫了一封文情並茂的簡訊，傳給那一天飛台北的組員，拜託他們跟我換班，因為媽媽在那天的航班上當客人。

「祝妳們飛行愉快。」接受換班邀請的澳洲女組員回覆我。

媽媽在當天的航班上，職業病大發作。地上有塑膠杯滾來滾去，她就彎腰去撿。

「欸，媽，妳沒在上班哦，不要撿。」

「女兒，那個行李櫃沒有關好。」

「女兒，地上那些東西要收好哦。」

客人來跟我們拿東西，媽媽忍不住動手幫忙，倒茶倒水的。

「媽！！！妳不是今天航班的客艙經理哪！！！」我簡直要

瘋掉了。

「哦……就很想幫妳打工嘛……」媽媽拗得一臉委屈。

非常資深的黎巴嫩籍客艙經理，在得知媽媽更資深的年資後，「啊，失禮失禮，這個航班就交給妳來帶了！」他作勢要脫下他的制服外套讓媽媽穿上，羞得媽媽摀著臉，差點沒挖個洞一頭鑽進貨艙。而我們這群年紀小的就在一旁瞎起鬨，拍手叫好：「嗚喔，好喔！好喔！」……我被媽媽揍了一拳。

這一趟的意義非常深刻，過去總是搭媽媽的航班，這次角色互換，也算是一了我母女職業傳承的夢想。

台北班之所以熱門，我想除了他一天只有一班的稀少性以外，還有乘客的隨和程度、位在市中心的飯店，以及城市 24 小時能夠提供的各種機能和娛樂。相較於其他熱門的航點，大家都是結伴同行去觀光，但許多喜歡飛台北的外國組員，則是已經在這裡找到了自己的路子，安排獨特的購物行程，拜訪在這裡結交的朋友。

曾經有一次，聽到一個埃及組員說自己要去找朋友，沒想到他的朋友是曾經在爬象山途中，請他喝飲料的阿姨。說到這個，

我過去不知道爬象山是這麼有名的活動，是在加入航空公司之後，才從外國組員口中得知的。每一天去台北的組員，都有人去爬象山。也算是從外國人身上，認識家鄉的一種方式。

　　大概是在搬到杜拜後，在一個大多數人都去過台灣也看過世界的組員群體中，聽到各式的評論，才漸漸開始出現：「對啊，我們熱門是理所當然的喔。」這樣的想法。

　　離開家之後，除了懂得用不同的角度看世界，更學會用不一樣的眼光解釋台灣。

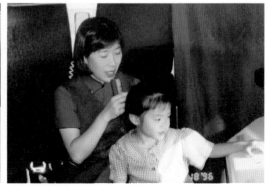

We all left a guy at home._

那天跟一個新進的泰國女生飛，她獨自一個人跟我在廚房的時候，偷偷看了一眼手機。飛機上有無線網路，不過組員執勤的時候是禁止使用的。

「在跟男朋友吵架。」她不好意思地說。

「男朋友在泰國嗎？」我問。

「對啊，從我搬來杜拜之後就不斷地吵架。」

「嗯，遠距離戀愛，我懂。」我潛入自己的思緒裡，微笑了一下。

「妳也是這樣嗎？」她問。

「我們大家曾經都留了一個男朋友在家鄉啊（We all left a guy at home）。」我說。

We all left a guy at home 這句話，是我在開始飛行以後，才總結出來的。搬來杜拜之後，大多數的我們都有一個被留在家鄉的男友，或是女友。剛開始可能堅持了一陣子的遠距離戀愛，但是這樣的關係，隨著時間流逝，可能都相繼陣亡。機率嘛，大概九成九。

遠距離戀愛是要十足的信任及共同的目標才有可能存活的，很多人可能覺得，有一個空服員女友／男友是一件挺有面子的事，不過空服員的感情世界其實是非常複雜的，不是空拿來說嘴

那麼輕鬆的事。我所謂的複雜，不是男女之間不忠的那種複雜，是寂寞交織著距離，情非得已的複雜。

我該怎麼向你解釋呢？

到了一個未知的城市，遇到許多令人興奮的新事物，但我是一個人。我在維也納的街頭找到了一家百年的炸肉排老店，獨自吃上一餐比臉還大的雞排配啤酒；我在開普敦最南邊的好望角，在各地來的觀光客的注目之下，跟街頭藝人跳了一支舞；我在南非的德本，開船到了海中央，跳進鐵籠裡目睹鯊魚獵食小魚。

在做這些事的時候，我幾乎是一個人。偶爾有一些同事加入我的行列，不過不管這些人再怎麼有趣，或者旅程的體驗再怎麼豐富，我的心裡總是有一股說不上來的失落，低沈沈、黑壓壓地，因為我多麼希望你也在這裡。

我傳了照片給你，跟你說這些地方太美了，我們一定要一起來一次。剛開始你說「好」，不過久而久之，也就麻木了。因為你看似豁達，但是你不喜歡我在沒有你的陪伴之下，過得太開心。我真的沒有太開心，沒有你在身邊，我沒辦法太開心。

不過，你相信嗎？

我在社群媒體上貼的照片，都是非常快樂的。久而久之，你也像網友一樣，就這麼相信了，以為即便沒有你，我的生活還是非常美好的。你覺得我不再需要你了。

我在航班上受了委屈，於是到飯店想要打電話給你；不過你遠在世界的另外一頭，這時候你已經睡了。我想家、想哭的時候，傳簡訊給你；你在夜店慶祝朋友的生日，我不敢跟你說太多，因為你也應該要過得開心。我在飯店樓下吃飯，遇到男同事，於是一起坐下來聊天；你問我：「跟誰吃飯？」我不願意說謊，你也看似不介意，其實心裡很不舒暢。這些我都懂，如果角色交換，我也會不舒服。

我們在不同的時區，過著毫無交錯的生活。唯一勉強連繫著我們的，只有手上那隻手機。

我在首爾幫你媽媽買了她喜歡的人蔘茶，我在巴西幫你買了你喜歡的夾腳拖鞋，我在英國買了幾件你健身時可以穿的排汗衣。我非常努力地換班，有時候會付同事錢，希望可以換到回家的航班。我在三連休的時候搭飛機回去，你也沒有讓我失望，你

放假的時候會來杜拜，不過機票很貴，杜拜也很貴，這些我都懂。

我用「We all left a guy at home」，總結這些沒有撐過遠距離戀愛的愛情故事。同事之間都有共同的默契，不用追根究底就知道這是什麼意思，因為我們大多經歷過一樣的事。

在同事之間相互不認識的機艙裡工作，又是必須面對客人的服務業，所以即便微笑之下藏著的是撕心裂肺的心情，都不能表現出來的。

「邦妮，你還好嗎？」幾次的航班上，被座艙長這樣問，這句話的意思其實是：「你工作時面無表情的，這樣不可以喔。」接著是我忍不住眼淚批哩啪拉地掉，因為我一點也不好，感情消逝的難受，僅止是還好而已呢？

我記得很久以前的那一天，與他分手的那一天，飛回杜拜的航班上。他們說，離開的人比較不那麼難受，但我其實傷心到只想癱軟成一片爛泥。

「組員站定登機位置。」座艙長廣播，客人準備要上機了。眼淚還是在眼眶裡轉啊轉，這時候放棄已經太遲了，我站在機艙

的走道上，標準的迎客位置，單手扶著椅背，覺得雙腳沒有力氣撐住心裡的傷悲。「邦妮，撐住，妳可以的，妳可以的。」我默念，用力地呼吸吐氣。

「晚安，歡迎登機。」我向第一位走上來的客人問好。

「哇，妳們每個人看起來都好有精神呢！制服真漂亮，真是令人好羨慕。」

「真是感謝你。」我低頭看看胸口剛才被眼淚沾濕的痕跡。

已經乾掉不見了。

最近，我在杜拜最要好的女生朋友要離職回家了，送機的時候，她的前男友也在場。之所以成為前男友，就是明白遠距離戀愛的現實，所以不願意相互苦苦牽掛。不過兩人還是矛盾地處於相愛的友好關係。男生是性格堅毅的賽爾維亞人，從世界的那一區來的人，似乎都對人生有一些堅強的註解。

「在機場道別之後，離開的那個人絕對不能回頭，要一直往前看，往新的生活走去，不能回頭看留下的這些。」朋友擁抱我

們，轉身過海關之後，賽爾維亞前男友這麼說。

接著，他戴上墨鏡，可能是想要藏住灰色眼睛裡的傷悲。

「我跟她說了，絕對不能回頭。」

我嘆了一口氣，輕輕地說：「她一定會回頭的，她是女人。你等著看好了，三、二、一。」

不停計算時間的人 _

　　機場同時存在著最開心的相見與最難受的道別。

　　在當了空服員之後，生活每天都充斥著離別。我想請你回想三個道別的場景，不論是別人向你道別，或是你離開，向愛的人道別。請你想像，日復一日重複這樣的離別。

　　人說：告別是成長的開始，但每天經歷這樣的再見，在性格上總會出現一些深刻的影響，至今我還在找尋正確的詮釋方式。

　　我成了不停計算時間的人，生活開始以小時作為計算單位。
　　「下一班執勤的時間是明天早上 5 點，如果兩個小時後開始睡覺的話，可以睡 5 個小時。」
　　「現在是阿根廷的早上 7 點，那是台灣時間的……嗯，下午6 點。媽媽應該落地了，可以打給她。」
　　「這次飛台北班，扣掉報到以及搭高鐵回高雄的時間，有 18個小時。再扣掉睡覺時間，我有 12 個小時可以跟家人相處。」

我的腦海中有一隻停不下來的錶，在時區之中加加減減，不斷前進。剛開始飛的時候，把這隻錶握得太緊了。曾經因為愛的人在我所能給予的陪伴範圍時間裡另有計畫而生氣，覺得浪費掉寶貴的相處時間，每一分鐘都燒得心裡難受。

後來理解到，這一隻滴答的錶，只有自己看得到。

起初學會愛的時候，愛人的方式是自私的。憑什麼要愛的人跟著你的時間轉呢？每個人都有自己的步調。放寬心也鬆開手之後，我開始學會放過自己，也放過別人，不再死盯著那隻錶。

機場的設計是這樣的，通常地板都是光亮平滑的石材表面，在接近候機室的區域，才開始鋪上柔軟溫和的毛地毯。

這代表什麼意思呢？

旅客從出發前往機場，到進入機場，突破重重關卡，到最後上機的這一段路，也被視為一段旅程。因為時間緊湊，通常旅客都是以趕路的方式一路匆忙地殺到最後。

平滑的石材表面適合這樣快速地拖著行李行進，但到了候機室，毛地毯的設計會讓人行走的速度慢下來，柔軟的地板質地讓心情也緩和下來。有著──

「可以放心的慢下來了，你快要到了。」這樣的隱喻。

杜拜飛香港的航班，相較於杜拜飛台北的多，我時常選擇在香港轉機回高雄。

在我心裡，香港就是那一段鋪著毛地毯的路。

這一次飛香港，媽媽也從高雄飛來找我。媽媽心裡也有一隻錶，我們對了對錶，總共有 8 個小時的相處時間。我們到傳統的港式餐廳裡吃點心、喝茶，到維多利亞港散步，到尖沙咀的購物中心裡逛街買菜，在銅鑼灣的飯店裡，躺著聊天。看似悠閒的午後，其實心裡的碼表不自覺地倒數著時間。壓力很大吧？

她堅持著要早一點離開香港，這樣我才能在上班之前，有一點時間休息。媽媽去機場的時候，只要我陪她到地鐵站。

「Be good. Ok?（要乖喔，好嗎？）」這是她每次向我道別時說的話，每次說的時候，她都會哭。我也在銅鑼灣車站，邊走邊掉眼淚。熟悉的老樣子，只是每次的背景不一樣。這次的背景音樂參雜著廣東話。

那隻錶一直在滴答，這樣離別的場景一直重複。

遇見，
泰拳傳奇 ＿

　　有一次從杜拜搭機到香港的時候，隔壁坐了一個健身教練。

　　「我每個月都會帶學生去泰國參加泰拳營，每天早晚訓練，其餘時間就去泰式按摩。為期兩個禮拜的課程，學生每個都會練出腹肌喔！」他說。

　　那天我其實非常想睡覺，不過看他興致勃勃地講述著泰拳的好處，真是不好意思打斷。耳塞捏在手裡成了兩團小小的橘色圓球，找不到機會戴上，昏昏沈沈的一趟航班。

　　想要嘗試泰拳的種子，就這麼悄悄地在心中被種上。

　　就要放年假了，到最後幾天還沒決定要去哪裡。也不知道這是空服員的通病，還是自己的老問題⋯⋯大部分的放假時間，我都回台灣。但這次突然想起可以去泰國練泰拳，於是，在最後一刻傳訊息給在台灣的弟弟：

　　「欸，你要不要跟我去曼谷幾天練泰拳？」

　　自己一個人去實在太孤單了，陪姊姊打泰拳這種艱困的苦差事就交給弟弟吧！雖然他的大學已經開學了，不過我倆從小的學習方式是——即便錯過一小段時間的課堂去旅行，也是另一種學習。

　　「蛤？幹麻要練啊？」
　　「為了有腹肌啊。」
　　「我要腹肌幹麻？」

　　我可以想像弟弟回覆我訊息的時候，低頭看看自己團結成一塊的肚子，用力地拍了一拍，露出滿意地微笑，覺得這樣就很好。不過，他還是捨命陪我去了，親情真是不可思議。

　　泰拳訓練營包吃包住，就是為了讓人把心思全花在訓練上。房間內沒有任何累贅的擺設，簡單的鐵床加上狹小的浴室，這樣就很足夠了。格局像是四合院，一個個房間連在一起，包成一個四方形的形狀，中間是一片草叢，應該是想營造出花園的樣子。草叢上方綁著一條條麻繩，好讓大家有地方曬衣服。

　　一大清早就要在拳擊場集合，弟弟不習慣在這樣的時間起床。敲了他的鐵門好一陣子，他才睡眼惺忪地來開門。這時候，拳擊場傳來振奮人心的音樂，一排排極度結實的拳擊手整齊劃一地跳繩熱身，十分嚇人的陣勢。相比之下，弟弟跟我就是兩隻白白胖胖的白斬雞，沒跳幾下就被跳繩纏住。

　　30分鐘的熱身完之後，地板上的軟墊已經被大家的汗水浸濕。尤其是幾個身穿防水外套的拳擊手腳下，簡直像是生出一片片小埤塘。

　　「為什麼要穿外套練習呢？」曼谷現在濕熱的天氣，連穿著坦克背心都嫌太多了。

　　「要在比賽前幾天，選手秤重之前，快速減掉身上多餘的水分，才能合格進入預計中的量級。」烏茲別克籍的拳擊手濕漉漉地跟我解釋。「一天可以減掉4、5公斤。」他接著說。

　　這裡的學生有兩種人。一種是專業泰拳手，這些人強烈執行嚴格的訓練，每次訓練都硬是練到超時。他們總是單獨行動，臉上很少出現表情，似乎沒有太多的情緒，一直很專注的樣子。即便只是像吃飯這樣稀鬆平常的事情，也是十分認真地進行。

　　另外一種人是從零開始的菜鳥，如果聽到教練死命地吼著：

「再用力！再用力！」那個學生便是菜鳥了！像我們這樣的觀光客，來此無非是為了訓練一下被忽略已久的肌肉，或是想要遠離繁忙的塵囂。菜鳥打上手靶的力道，相比專業拳擊手的鏗鏘有力，聲音小得實在有些可憐。

天色暗了之後，專業泰拳手都早早回房休息了，剩下我們跟教練在草叢前聊天。

「歐漏諾打拳是為了爸爸、為了媽媽，還有 Buddha（釋迦摩尼佛）。錢拿回去給爸爸、還有媽媽。」歐漏諾是其中一個教練，從舊舊的夾鏈袋中拿出一張佛祖的照片在桌上，虔誠地雙手合十。

「我可以去杜拜。」他不斷地重複要我在杜拜幫他找工作。
「有機會喔，泰拳訓練在杜拜正當紅呢！」我說。
「歐漏諾！你不要煩人家啦。」另一個年輕的教練挑侃著。食指在太陽穴附近轉了幾圈，意思是說他神智不清楚。「妳不要理他。」年輕教練向我說。

「歐漏諾曾經是泰拳冠軍，整個泰拳歷史上出了名的厲害人物。他在全盛時期瘋狂地參加比賽，每天打、不停打。」年輕教練比劃著拳頭打頭的動作，在空中很用力地展示。「到最後就被

打得行為智商只剩下七歲的程度。現在已經四十多歲了，卻表現得像個小朋友的樣子。」他淡淡地說。

「要認真訓練，以後就可以成為女版的歐漏諾，很厲害、很厲害，第一名。」歐漏諾每次遇見我，就這麼提醒。

「OK！」我說。

「OK！」他興奮地大聲重複，比著大拇指的手奮力地向天上舉。

「妳要帶我去杜拜喔，我可以去杜拜打泰拳。」他一說就會說上半小時，直到其他教練把他拉走。不過一會兒他又出現了，要我跟他一起去拜佛像。實在不忍心拒絕，我只好跟著他到門口的金色佛像面前，呆站著看他口中念念有詞。

「希望可以一直賺錢給媽媽。」接著他替佛像換上新鮮的花瓣，身後的其他人不停揮手要我離開，「妳不用陪他站在那裡啦。」他們說。

離開曼谷之後，歐漏諾每天都會打電話給我，這樣持續了一年。「妳好嗎？要趕快回來喔。」他總是重複一樣的說法。

在這期間，我看了他的比賽轉播。那是他在離開賽場後的 15

年，首度回歸的比賽。「對手很激動地鼓勵觀眾歡呼，人潮爭相拍照要簽名，而歐漏諾卻多是獨自一人。」網路上這樣評價，即便最後是歐漏諾贏得勝利，報導內卻小篇幅地帶過而已，大部分寫的是對手的故事。

我替歐漏諾感到有些不捨，過去賽場上叱吒風雲的人物，如今在泰拳訓練場教課時，還要被其他人消遣。「沒有什麼好難過的，這就是我們選擇的人生啊。」土耳其的拳手曾這麼說，他也從 10 歲就開始訓練，至今沒有一天停歇。

但，不論歐漏諾在當今的觀眾眼中是否還是像以往一樣風光，在我心裡，這個待人真誠的 7 歲歐漏諾，就是一個讓人尊敬又疼惜的泰拳傳奇。

轉身之後，
也許再也不見_

這陣子有一點難熬，也不是真的經歷什麼特別困難的事。只是有時候上過夜班，坐在那空蕩蕩的飯店房間裡面，會被很憂鬱的情緒吞噬。情緒是看不到也摸不著的，不過發生的時候，身體會覺得好像沈入一片隱形的泥沼，怎麼掙扎也出爬不來的。四肢的指尖會一直麻麻的，好像失去了一點感知。

時常忘記怎麼打電話給媽媽的，但一講就是好幾個小時。會難過的哭，哭完之後笑。邊哭邊笑邊自嘲著：「我在挪威有什麼好哭的呢？」想要流浪的心情早就無影無蹤了，只想要待在家裡面，跟家人聊一些無聊的日常小事，想念著家裡頭那些不在乎你是成、還是不成的包容。眼前一大片挪威的森林，難過的時候，想念的卻是高雄的那幾棵路樹。

這次拜訪墨爾本的時候，正值這樣的低潮。

「明天你有空嗎？我早上會到墨爾本。」我傳訊息給住在墨爾本的朋友凱尼。

凱尼是當初在杜拜與我一起加入公司的同事，不過一年前已經搬回墨爾本。在投入職場之後，像這樣最後一分鐘的邀約通常不帶有任何壓力。如果能見面的話，就太好了。但如果沒有空，也完全沒有關係。

「當然有啊，妳到了跟我說一聲。」他說。令人安心的回覆。

　　墨爾本跟其他澳洲的大城市一樣，幾乎被亞洲人占據。街上的餐廳盡是道地的亞洲美食，跟家鄉裡找得到的一樣。在這裡，即便不太會說英文，應該也過得去。墨爾本是個綠意盎然的地方，公園、草皮、路樹，城裡乾淨的空氣讓人心曠神怡。

　　凱尼還是長得像廣告裡頭走出來的人物，標準的潔白微笑，圓潤的臉頰，一雙溫和的大眼睛。印象中代言保養品或是化妝品的亞洲男明星，很多都是這樣的形象。我們坐在中國城的餐館，點了一桌小籠包。凱尼即便在回到墨爾本之後，還是與以前一樣從事服務業，但生活作息已經和當空服員的時候完全不同，回歸到所謂「在地面上工作」的生活。

　　「從哪說起呢？」許久不見的老朋友，在經歷過人生中截然不同的歷程之後，剛開始總要先有人起個頭。
　　「我以為回歸正常生活之後，會時常與朋友見面，會開始建立新的人際關係，或是學習新的事物。但這些都沒有發生。我過的生活還是跟在杜拜的時候差不多，閒暇時間幾乎都在休息，對許多事情都意興闌珊的。」他說。

在杜拜的航空公司這樣龐大的地方，每次執勤的組員都是新面孔。每到了人生地不熟的地方，唯一認識的就是同一個航班的同事。因此外出工作的這幾天，就會相互依靠，好像是彼此最好的朋友。不過航班結束之後，就再也不會聯繫了。

即便遇到相互投機的同事，想要在航班結束之後相約，也會因為接下來的班表時間對不上，而迅速失去聯繫。因此生活就是不斷的結交最好的朋友，不斷地失去最好的朋友，每天都要與人好好介紹自己：

「你好，我哪國人，也是你這三天最好的朋友。我在人生裡的經歷是這些，未來的夢想是那些，過去的傷痛是這些，生活的興趣是那些。」

這樣的生活十分疲倦，到最後對人際交往這件事情就變得麻木了。於是不再與人掏心掏肺。

在時區之間生活，身體沒有任何規律的休息。有時候醒著30個小時，有時候睡12個小時。有時候中午得要睡覺，有時候午夜得要起來。所以放假的時候，幾乎都勉強的在調整作息，因此很容易像凱尼說的一樣，對原本感興趣的事情變得意興闌珊。不過生活圈裡的空服員，總覺得一旦離開這個職業，一切都會改變。

「我大概是把這樣的心態帶回墨爾本了。」他說。

　　就像對社交的信任感需要時間培養，經歷好幾年這樣極端的人際互動方式，一旦覺得看清了人們之間關係的脆弱，可能也得花上好久的時間才能改變。不知道這到底叫做長大了，還是只是龐大外商航空帶來心理上的職業傷害。

　　澳洲的天氣一天內有四季，正中午天氣晴朗，到了晚上就變得冷颼颼的。所以得要洋蔥式的著裝，熱就脫，冷就穿。我們步行到了市區的酒吧 Asian beer cafe。

　　「對街建築是我以前念的大學，課堂和課堂之間就會來這間酒吧喝酒。」

　　「喝完再去上課嗎？」我笑著問。

　　「是啊，大家都是這樣的。」

　　「你曾經想念杜拜的生活嗎？」我問。

　　「不想念飛行的工作，倒是想念你們幾個朋友。」他說。「我已經很久沒有外出與朋友相見了，很少人能理解我過去的生活，不過一同經歷過的人就會理解。」

　　隔天，在離開墨爾本之前，凱尼與我再次相約吃韓國烤肉。

飯後，他陪我走了半個小時回到飯店。當時凱尼正考慮去澳洲的其他城市工作，那就離開我能飛到的航點範圍了。這次道別之後，不知道會不會再見到他了。

我的生活基本上就是不斷地與人道別，有些不痛不癢的，像是送走客人，或是與短暫共事的同事告別。有些心酸難受，像是離開家人朋友的難捨難分。這樣的頻繁訓練，還是沒把我訓練成擅長道別的人。

想一想也真是難過，人生有一些看似輕鬆的再見，一轉身卻是再也不見。

2

非洲 Africa

生命裡即使有一些痛苦的成分，
但總是會過的，千萬千萬不要放棄。
總有人愛著你，希望你每天吃飽睡好、溫柔地為你祈禱。

Safari 奇遇記 _

　　從小就特別喜歡動物，這趟飛肯亞航班過夜的休息時間，便決定要去國家公園裡頭 Safari。

　　「Safari」這個詞在非洲史瓦希里語跟阿拉伯語是同義字，意思是旅行。後來在英語裡頭變成在非洲內陸移動、進行狩獵，或是觀賞動物的行程。對，有旅行社在進行野生動物狩獵的活動，我非常不贊同這樣的娛樂。所以我的 Safari 就是在國家公園裡頭開開車，看看動物在自然棲息地裡頭生活，這樣比較隨和的方式。

　　（題外話，幾年前在朋友的介紹之下，認識了一個從事金融業的美國男生，幽默風趣又見多識廣，但他在非洲贊比亞旅行──也就是去狩獵。趴在狩獵物身上開心的照片貼上 Facebook 之後，我就再也沒跟他說話了。）

　　一大清早，跟一個土耳其女生，還有日本女生一起，坐上司機的車。這台車是大概 20 歲的日系箱型車。「我們要用這一台車 Safari 嗎？」我問，好像要四輪傳動那樣有動力的車才能在荒

野裡自由地行進吧？司機點了點頭，說一直以來都是開這一台車的，絕對沒有問題。

昨晚才下過一場大雨，滿地泥濘，大大小小的水潭散布在黃土上，偶爾幾隻鳥在水潭裡泡泡澡、洗洗羽毛。野生動物在這種天氣下，不喜歡在外頭活動，所以只找到瞪羚跟斑馬這種常見的動物。

我們並不是太在意，因為下雨天時，連人類在城市裡的活動都大幅減少，動物在野外躲起來也不是太令人意外的事。但司機挺著急的，他不希望這一趟行程讓我們覺得失望。真是敬業的表現。

經過了一個小時不斷進入小徑間尋找，司機看見遠方一隻長頸鹿。他開心地驚呼一聲，似乎是終於鬆了一口氣，能給我們這幾個遊客一點交代。猛一下地踩著油門不放，不停往前衝。坐在車裡，可以感覺到廂型車的輪子轉動得非常吃力。

我們被卡在長頸鹿前方大約二十公尺的泥濘裡頭。司機不停地狂踩油門，但就只聽得到引擎加速的聲音，完全無法前進。輪胎急速轉動，使得泥巴濺在車窗上，像是一幅表框的潑墨畫。前方的長頸鹿並沒有退後，邊誇張地嚼著嘴裡的樹葉，邊冷冷地看

著車子掙扎。

這樣動彈不得的狀態，加上長頸鹿毫不在乎地做自己的事。我們覺得很好笑，幾個女生笑得東倒西歪的。但司機不覺得好笑，他尷尬地癟著嘴，拱起了圓圓的蘋果肌，瞪著一雙巨大的眼睛。一種大事不妙的表情。

「有沒有救援電話呢？」我問司機。他搖了一搖頭。
「你有辦法打給任何人求救嗎？」他又搖了一搖頭。

就這樣跟長頸鹿大眼瞪小眼一陣子之後，司機問我們能不能下去一起推車。「可是這裡不是有獅子嗎？」我問。他點了一點頭，就沒有再問，似乎是突然想到在有獅子的地方，請一群不知道東南西北的女生下車幫忙，好像也不太對。

在肯亞推車子被獅子吃掉，可能會是一種奇特的死法，但我們都還沒有對生活失望到想要成為新聞裡的主角。
「台灣空姐在肯亞被獅子吃掉」
「肯亞獅子今天吃了送上門的日本料理」
「肯亞獅子享用土耳其串肉」
……我們在車上無聊地開始想像，如果真的被吃掉了，自己

國家的新聞會怎麼報導這件事。

　　遠方一台越野車出現。司機咻一下,以飛快的速度消失在駕駛座,火速前往求救。越野車緩緩地跟著司機的腳步朝著我們這裡駛過來,司機打開後車廂,掏出一條大麻繩。在車後狂捆了一陣,接著是越野車使勁的一拉。我們這一台髒兮兮的泥巴車,像一隻受困的野獸,終於被解救出來。

　　兩台車並肩前行了一陣子,互相開著窗,像是跟對面棟的鄰居閒聊。越野車上的遊客是三個俄羅斯人,我們不斷向他們和他們的司機致謝。他們笑咪咪地詢問事情經過,看著我們以手舞足蹈的誇張方式,演出當時的情況,時不時地仰頭大笑。

在當天航班執勤的登機時段，一位客人走來問我，能不能要一瓶啤酒。

「啤酒？規定是起飛之後才能開酒櫃，起飛之後我馬上拿給你。」等一下，他說要啤酒的時候，口音非常俄羅斯。我轉頭看了一下眼前的這個人。

「你……你今天是不是去 Safari ？」
他也認出我來了，「妳……妳是不是卡在泥巴裡？」

於是，他跑回座位去，把他的那一群朋友都找來。而我在客艙裡面找到其他兩個同行組員，我們在廚房裡面歡笑著團聚。這世界上的緣分真是奇妙。

整趟航班，我不停地替他們送酒。要一瓶我就給三瓶，也算是能替救命恩人們做的一點點回報，而他們樂得不停接收。幾乎是我每拿著酒出現一次，他們就一齊歡呼一聲，像是他們支持的球隊進球那樣。

落地之後，這幾個人邊歡樂地唱著俄文歌曲，邊搖搖晃晃地下機。其中認出我的那一個，已經因為支持的球隊進了太多球，開心得不省人事。

✈ Luanda, Angola

沒有什麼
比白麵包和奶粉更開心的了 _

你知道有兩個盧安達嗎？一個是國家，一個是城市。

發生盧安達大屠殺事件（電影《盧安達大飯店》之背景）的「Rwanda」共和國，首都是基加利，位於中非；而國家安哥拉的首都「Luanda」，位於非洲西南邊，也翻譯做盧安達。有時候為了怕搞混，Rwanda 會被翻譯成盧旺達，Luanda 則會被翻譯成魯安達。

不過，如果真的上網查看的話，不難發現 Rwanda 跟 Luanda 都被不同的文章翻譯成不同的名字，兩個都可以是盧安達，也可以是盧旺達，更可以是魯安達。總之，為了確保讀者知道到底文章在説的是哪一個地方，作者幾乎都會特別加註。

這一天飛的是安哥拉的首都盧安達。

如果要我説出 M 字型社會最嚴重的地方，我應該會説：「就是這裡了！」大部分的人民都很貧窮，但是物價非常的貴。反之，有錢的人，實在是太有錢了。

盧安達算是公司一百多個航線網路裡頭，免税商品賣得最好的航班。負責販賣免税商品的組員，大概會從起飛就開始不停地

賣，賣到落地──而且，乘客都是用現金付款。對外國人來說，盧安達是世界上生活費用最昂貴的城市之一，歷年來都在世界第一左右的排名遊走。

當地說的是葡萄牙語，所以理所當然地必須配派葡語組員。也因為這個航班上非常多中國客人，中文組員也一定會在名單上出現。幾次的盧安達飛行經驗裡，客人組成都是以中國客人佔大多數。

「Bonnie，頭等艙需要妳翻譯！」

「Bonnie 妳可不可以來商務艙幫忙點個菜？」

「Bonnie 經濟艙需要妳，我們聽不懂。」……這樣地在客艙間奔波。

第一次做這個航班的時候，好奇地問中國客人：「去盧安達做什麼呢？」客人說，中國的建設公司負責了大部分的建設，而安哥拉以石油出口回報。航班上也會出現許多從美國德州來的石油工程師。

在我閱讀了安哥拉的國家簡介之後，才知道這個國家的天然資源實在不得了。出口總值的 90% 以石油出口包辦，鑽石、鐵礦資源也非常豐富。但因為曾經的殖民跟內戰，加上嚴重的貪污，

人民的收入還是在世界上排名墊後。

許多非洲國家的現金交易，非常偏好主流貨幣。不管到哪裡，都可以以外幣交易。觀光客如果為了節省麻煩，以美金付款的話，會被多收兩到三倍的價錢。這樣說好了，一個熟門熟路的辛巴威組員，帶著我們到一家當地的玩具店換錢。

為什麼去玩具店呢？我其實也不了解當地的現金到底怎麼流動的，總之，只有這樣的地方，匯率才會合理一些。以美金 33 塊來計算（約台幣一千塊），可以換到一萬塊安哥拉寬札。

但事隔幾個月，又去了一次安哥拉，想把同等的寬札換回美金，價值只剩下 14 塊美金。我們也只能聳一聳肩，不知道當地老百姓是怎麼承擔生活的。如果國家貨幣這麼不穩定，人民一定壓力非常大，就不是聳一聳肩能輕鬆帶過的。

每次去盧安達，都會看見同一個小孩在飯店門口等著。飯店保全會請他離門口遠一點，所以他只能遠遠地坐在車道前的花圃上。他總是穿一樣的衣服，紅上衣，黑色七分褲。看見組員就會輕輕的呼喚：「Madam，Madam（女士尊稱）。」

飯店對面有一家葡萄牙餐館，正要點菜的時候，看見他還是

坐在花圃上。我上前邀請他一起進來吃。他在餐廳門口躊躇了一陣子，似乎有些顧慮。

我把菜單遞給他，問他想吃什麼？他拿著菜單看了一看，臉上出現了一點為難的表情，抿著嘴，沒有說話。就像是小孩子不知道怎麼回應大人的時候，會出現的那種表情。可能是語言的隔閡，也可能是其他的因素，我不想讓他覺得不舒服。

「那這樣好了，我把餐費給你，你去買自己喜歡吃的東西。這樣好嗎？」

他開心地笑了，非常快樂的那種露齒大笑。他轉身離開之後，頻頻回頭，不斷轉頭向我揮手。

餐點還沒送到，我就看見他單邊扛著一個大透明塑膠袋，裡頭裝的滿滿都是白麵包，挺像小時候吃的蘋果麵包。塑膠袋底部躺著兩瓶奶粉。袋子大得可以把他整個人都裝進去。走過餐廳門口，他又向我揮揮手，特別讓我看看他的戰利品，之後轉身離開。

「起初他猶疑著沒有進餐廳來，是不是希望家人也能吃飽呢？」

接下來幾次在公司接車的時候看到他，就會給他一些錢。他

總是一樣地開心揮手，目送我們的公司車離開。前往機場的路途上，我邊看著窗外，邊想：「如果是我自己花這些錢買東西，有沒有辦法覺得這麼開心呢？」

沒有，沒有什麼比白麵包跟奶粉更讓人開心的了。

✈ Casablanca, Morocco

北非情迷 _

那天我覺得被困在摩洛哥，逃不出來。

聽過太多關於摩洛哥班難做的傳言，我就是不信邪，「能多難做？」我想。而且北非情迷的浪漫印象實在太深刻了，非得親自要去卡薩布蘭卡看看。

這一個航班上有兩個摩洛哥組員，一男一女。送餐服務的時候，摩洛哥男生阿布督，來向我咬耳朵：
「前面一整區的乘客，都在抱怨說妳的態度很差耶。」
「真的嗎？哪一些人呢？」
「哎呀，妳不用知道。我擺平了。」
「不過你得告訴我，這樣我才能注意一些。」
「妳真的不需要知道。」他搖了搖頭。這樣的堅持，真是令人心煩。

公司經濟艙的餐飲服務，沒有所屬區域之分，反正只要是客人的事，就是大家的事。客人遇見語言相通的組員，要求自然比較多。航班上的另一個摩洛哥組員，是女生，叫做達莉雅。在幾位客人找她要茶水之後，她氣得衝進廚房。
「妳可不可以照顧好妳的乘客啊？他們一直跟我要咖啡跟茶。」

「我問了每一位客人喔。可能是想要續杯，或是聽不懂英文，所以特意找妳。」我不可置信地回應。

航程到了一半，組員要巡視客艙，順便送飲料跟水。在飛機上是很容易脫水的，脫水的人就容易昏倒。我服務客艙右邊，達莉雅服務客艙左邊。一盤飲料送完了，我走回廚房再準備一盤。又見她怒氣沖沖地衝回廚房：

「妳可不可以照顧好妳『那邊』的乘客啊！他們來拿我的飲料！」

我看了她一眼：「妳『那邊』的乘客拿我的飲料，我有向妳抱怨嗎？」不論是這邊還是那邊，還不就都是大家共同的事。看著她要延續爭吵，我轉身離開。

「怎麼會有這麼不講理，又亂發脾氣的組員呢？」我心裡想。雖然公司組員的背景文化百百種，但大家都會在工作場合維持基本的禮貌。像是一波波不同區域形成的海浪，到了公海地區就會努力與其他陌生的浪潮融合，相互牽引著維持平靜。

這樣到了公海，依然波濤洶湧的浪頭，還是第一次遇到。

「剛剛妳走出廚房的時候，摩洛哥女生順手把一袋垃圾摔出廚房。並用阿拉伯文跟坐在旁邊的乘客說是妳摔的，叫他們跟客

艙經理申訴。」阿布督向我報告。「她剛剛帶著那些客人，跟客艙經理抱怨呢！」

聽完我什麼話也說不出，只覺得很無力，無奈地等著不知道何時會被客艙經理叫去解釋一番。所幸，直到抵達摩洛哥都沒聽到客艙經理多說一句話。

阿布督提議要帶我跟越南女生出去晃晃。當時心中期待著想一睹卡薩布蘭卡的浪漫，把這座城市想像成是蓋上面紗的美女。

我們前往摩洛哥浴，這是一個非常隱密的澡堂，門口飄著濃濃的垃圾臭味。但四周卻看不見垃圾，不知道哪裡吹來的味道。他嘰哩呱啦地跟一個中年婦女談好價錢，就讓我們進去。

這是男女分浴，在澡堂工作的人，比手畫腳地說：「刷澡的時候，不能穿任何衣服喔。」裡頭像迷宮一樣，空氣不是很流通，但沒想像中的那麼熱。

摩洛哥媽媽在我們身上塗了一層棕色、很像羊羹的肥皂，接著要坐著等 15 分鐘。我跟越南女生就坐在澡堂濕濕的地板上，肩並肩地著聊天。

　　15 分鐘後，那名婦女揮手叫我躺下，拿著一片菜瓜布，開始非常用力地狂搓我的皮膚。我躺在地上，被翻來翻去地刷洗，覺得自己像一隻正在被廚師去鱗片的魚。不過摩洛哥浴實在是名不虛傳，洗完之後像是換了一張新的皮。

　　因為想去摩洛哥最大的清真寺（哈桑二世清真寺）看看，但越南女生累了，想要先離開。留下我跟阿布督。

　　這天是國定假日，滿滿都是攜家帶眷來玩的當地人。清真寺位在海邊，當地女生全都穿著覆蓋全身的黑色罩衫踩水。海岸邊布滿鵝卵石，各樣的垃圾散落在石頭間，瓶罐、尿布、拖鞋。水

卻還算清澈，有寄居蟹在裡頭爬啊爬。海岸生物與廢棄物共存的狀態，有點可惜了這麼漂亮的景色。

我們在傳統市集裡頭，賣蝸牛湯的攤位前停下來。一大鍋的森林裡抓來的蝸牛，燉著草藥煮。吃起來糊糊的，湯頭很濃，帶著嗆辣的後勁。他們說這是冬天吃的，會讓人暖起來。攤販在每個人吃完之後，把用過的碗在大鍋水裡劃一下，就讓下一個客人用。心裡不免有一點點擔心，但基於禮貌還是吃了一整碗。

阿布督說他身為穆斯林，從來沒喝過酒。但卻很嚮往喝醉的感覺。

「我很相信妳，如果我要喝酒，那得要跟妳喝才行。」他說。

「好啊，我們可以在飯店大廳的酒吧喝一杯。」

「不要，我怕被別人看到，他們都知道我是穆斯林。」

「那我們就不要喝啊。」

「不行，我真的很想試試，我想知道喝醉是什麼感覺。我們叫一瓶到房間喝。」

他突然好像被什麼東西砸中，眼睛瞇得很迷濛。整個人東倒西歪的，站不直。一下搭我的肩，說自己頭很暈，一下又可憐兮兮地跟我說：

「如果你不跟我喝，我這輩子可能再也沒機會喝到酒了。」

「我不介意在大廳跟你喝一杯，但如果是要到房間進行的話，我就不喝了。」我堅持著。

阿布督突然露出凶神惡煞的表情。

「今天在航班上，妳很可能直接被炒魷魚，是我救了妳，妳才沒被炒！所以基本上妳欠我一個大人情，我幫妳保住飯碗。妳可能要養家，所以我救了妳們全家。」拍拍胸脯，語氣裡沒有玩笑的成分。

「我沒有要養家，我也不會被炒魷魚，你也不是我的英雄。」我心裡這樣死命地吶喊著，但沒有說出口。

僵持了許久，我終於回到房間。馬上就收到他的 Facebook 好友邀請：「我在杜拜的鑰匙忘在妳的背包裡，開門讓我進來。」房間的門鈴像交響曲一樣不斷的聲響，接著一陣混亂的敲門聲。

他又傳了一封訊息：「鑰匙找到了。」但還是不停的打房間電話給我。我想把電話拔掉，又怕明天公司的 wake up call 接不到，就只能任憑他轟炸我的電話，但一通也沒接。

就在這個時候，我哭了。

一整天航班的精神轟炸，加上門鈴、電話鈴不斷的攻擊。我覺得自己被困在摩洛哥，被困在一個天方夜譚的詭譎航班裡頭，被困在一個男組員守在門口，出不去的房間。臉朝下地埋在枕頭裡面，崩潰地捶著床墊，但眼淚擦一擦也就睡著了。

回程的時候，埃及籍客艙經理輕鬆地與我聊天，並在簡報時間說：「謝謝大家，昨天的航班很成功，我們沒有收到任何抱怨。這在摩洛哥航班上，是百年難得的事。」

我越想越覺得奇怪，順勢看了阿布督一眼，他緊張兮兮地把我拉到角落：「不要問客艙經理昨天的事喔，我已經把事情都擺平了。」

我毫無情緒地看著他，腦袋似乎自動地把所有事件串連起來。原來這全是他自行策劃的故事，一切都是他編出來的。假裝讓我深陷水深火熱，假裝替我解圍。他就可以以英雄的姿態，讓我還他一夜（人）情。

「我怎麼可能這樣呢？」他慌慌張張地找了藉口離去。

　　摩洛哥的悠久歷史以及獨特景色，還是非常令人神迷嚮往。但是這一趟旅程所發生的種種，讓我覺得像是被捲進一場惡作劇裡頭。

　　唉，往後當別人問起：「做過最艱困的航班是哪個呢？」我便會無奈地道出這次的北非情迷。

✈ Dar es Salaam, Tanzania

午後慢慢裡的，
漫漫人生 _

在待命被抓飛三蘭港之前，沒能闔眼，所以非常疲倦。在簡報室，我一心只想選廚房的位置，這樣面對客人的機會少一些，能稍微放空一下。

通常安排任務的時候，是由最資深的開始選，不過今天座艙長不小心跳過我的名字。

「琳恩，妳想選哪個位置？」座艙長問了肯亞組員，整個簡報室裡面鴉雀無聲的。

「不好意思，你跳過我了。」我說。

座艙長沒有搞清楚狀況，所有人都盯著我看。「我的員工編號排在前面。」我補充。在座艙長聽懂我的意思之前的那一段寂靜，感覺比航班飛行的時間還久。

肯亞組員，琳恩，顯得不太開心。上機之後，我特意向她說明：「剛才不是刻意針對妳喔，是真的太累了，所以想做廚房。」她避開我的眼神，點了一點頭。但她似乎是喜歡這樣有話直說的方式，接下來的航班上，她時常找我聊天。

這是我第一次來到坦尚尼亞，她也沒有來過。網上的國外旅行者，對於在三蘭港出遊的意見南轅北轍。有一些評語說著自身

被搶劫的故事，有一些人卻說這裡非常安全，沒有顧慮。

　　但有些地方是現在不去啊，可能一輩子都不會再有機會來了。於是，我們計畫前往當地人常去的海邊：Coco beach。

　　這裡的街景建築是整齊的暖色系。非常讓人愉快的地方，一切都很慵懶。我腦中一直出現高雄西子灣的影子，可能就是同樣的步調吧。大家好像都沒在忙什麼，腳步很慢，卻似乎都是有任務在身，例如在馬路上兜售一包一包的堅果、水果，或是汽車零件。只是這一切都是非常緩慢地在進行。

　　接近 Coco beach 的馬路上，一顆顆椰子被疊成一座座小塔，小販坐在樹蔭下悠悠哉哉地乘涼。清掃馬路的男子不知道為何穿著成套的灰色西裝，背上癢了，就用掃帚抓癢。當地人不會特別向外國人行注目禮，偶爾會親切的用史瓦希里語向我打招呼：「Jumbo！」僅此而已。

　　Coco beach 的沙灘上綿延著一層很厚的海草，像是鋪了一層淺綠色的地毯。踏上去就像踩進了一碗放了太多紫菜的紫菜蛋花湯，不停地陷進去，根本走不到海裡。沙岸上矗立著巨大的岩石，岩石上布滿坑洞；上頭停著無數隻姆指大小的蜥蜴，一有動靜就各自鑽進岩洞裡。

琳恩對這片奇怪的海灘沒有興趣，她在陽傘下坐得像淑女一般地喝調酒，似乎是想離這片紫菜蛋花湯越遠越好。我在岩石上把腿磨花了，才狠狠地加入她品酒的行列。這一喝，喝出了一個肯亞女子的人生故事……

她在肯亞大學畢業後，深陷失業的低潮。

「職場對女性非常不友善，跟上司發生關係幾乎是不成文合約的一部分。如果妳不願意，工作就沒了。他們很快的能找到一個願意跟他們發生關係的女性取代妳。」她說。

我看過一個類似的紀錄片，但講述的事件是，男老師要女學生用肉體交換課業成績的社會問題。如果不照做，就不斷地當掉女學生的某一些科目，讓她不能畢業。即使是真實的紀錄片，還是覺得像是天方夜譚。

「這個現象是真的啊，這些男老師或是男長官也不會躲躲藏藏。幾乎是擺明了告訴妳，必須跟他們回家。在我求學跟求職的時候，發生過好多次。」她用吸管慢慢地攪拌調酒。

於是，琳恩的媽媽替她訂了一張到杜拜的單程機票，叫她去杜拜找工作。那段期間，她住在媽媽朋友的家裡，每天去杜拜的各個飯店跟餐廳投履歷，前一個月毫無音訊。

「那時候是夏天，杜拜的夏天非常難熬，高溫達到 45 度。我從來沒有體驗過這麼可怕的天氣，也沒有離開過家。某一天我熱得受不了了，在有冷氣的公車站坐下來，開始崩潰大哭。為什麼生活這麼辛苦呢？那時候，我一心只想回家。」

幾天之後，某個飯店願意雇用她做餐廳侍者。每個月薪水 8 千塊台幣。

「8 千塊在杜拜要怎麼生活？」我驚訝地問。

「只能非常節省，吃住都在公司裡面打發。但那時候我覺得薪水不錯。在肯亞，一個小學老師的月薪也不過 3 千塊台幣。」她說。

「做了兩年後，考上了這家航空公司。第一個月的薪水單出來的時候，我開心地哭了，打電話給媽媽，跟她說我們終於要變

成有錢人了。我匯了 4 萬塊錢給她，她說她從來沒有看過這麼多錢。於是我開始瘋狂存錢，並且在杜拜的銀行貸款，回肯亞買房子。三年多，已經買了 25 間。」

「25 間房子？」我驚嘆不已。

「在台灣買房子是怎麼樣的呢？」她問。

「大概 20 年才能買一間。」我說。

她差點從椅子上滑下來。

「在杜拜當空服員，即便工作很疲倦，但錢都像是從天上掉下來的。」她看出我沒有被說服，於是伸手從牛仔褲口袋裡，拉出一張 100 塊美金摏在手裡。

「妳可能覺得這沒有什麼，但這可是我們小學老師一個月的薪水喔。」

三蘭港微風徐徐的那個午後，似乎改變了我對待工作的態度。往後覺得工作有些辛苦的時候，腦中便會浮現起那一段對話。

謝謝你教會我，
生命裡最重要的一課 _

今天是待命月的最後一天，我原本已經準備好一結束就要回台灣幾天。但最後一刻被通知，要去烏干達。這班一排啊，回台灣的行程也泡湯了，一氣之下衝去公司想找人理論。但大公司裡面不太有人會理會這種小事，也只能摸摸鼻子去上班。

我對烏干達的了解不是太深，但組員之間總是說，當地人都擁有非常踏實的性格，是一個挺安全的國度。

空服員是做與人交流的工作，不過只要一抓到機會能夠獨處，就會盡量尊重組員之間的個人空間。像是常常一上組員車，大家就分散著坐，或是同時進宿舍，卻搭不同的電梯上樓也是常有的事。

坎帕拉是烏干達首都，到了機場，我們坐了一個多小時的車才到飯店。因為是最後一刻被通知執勤，所以我前一天沒睡覺。這裡的組員車又特別小，組員只能一個挨著一個打瞌睡，沒什麼個人空間可言。一上車，我就漸漸在其他組員的嘻笑聲中睡去，到最後被熱醒，冷氣壞掉了。

過夜班的行程安排大部分是這樣子的，在航班途中或是到了飯店大廳，總會有一個人已經計畫好這個過夜班要做什麼。通常這個人是早就規劃好路線，或是事先聯絡了當地的司機，如果他

希望大家參與，他就會散播消息——計畫是什麼，交通費大概多少錢，幾點集合。大部分的組員都累，不會有太多想法，就會跟著那個召集人。

我們到了飯店大廳，意外的是許多組員聚集在一起，齊聲說想要拜訪當地的小孩子。我們決定好一個人貢獻多少錢之後，由我來收錢。司機先帶我們去當地的超市採買，去人家院裡作客，當然不能兩手空空。

剛開始，我們每個人一人提一個籃子，慢慢地邊選購邊討論。「買哪種餅乾好呢？」我們你一言我一語的，大家都想出意見。

但因為時間實在不太夠，到最後變成我們全部在超市裡狂奔，看到什麼就抓，一袋一袋的米、一桶一桶的食用油、洗衣粉、奶粉，抓了就跑，跑到收銀台丟下，繼續在超市裡飛奔。

賽爾維亞男生跟著我，我們只要一看到一個覺得適合的商品，就互看一眼，「買？」「買！」。

我們的車開往一個外觀建築看起來很整齊的住宅區，大門清一色都是還新得發亮的雕花鐵欄杆，有些門戶塗著土色黃色的油漆，跟地上的小石頭地一樣顏色。窗外下著毛毛雨，石地上有著一攤一攤圓圓的土黃色雨水，我們的箱型車搖搖晃晃地，輪胎轉得有一點點吃力。

去過很多國家的育幼院，有些國家的小朋友比較怕生。但這裡的小朋友真是不得了，我們一進門，就像被浪潮席捲一樣，被一群小朋友包圍住。有個穿著橘灰條紋上衣的小男生衝上前抱住我的大腿，身高高一點的就抱著我的腰。他們的年紀從3個月到7、8歲都有，但共同的是，他們都有如陽光燦爛一般的微笑。

實在很久沒有看到這麼開心的表情了，我心裡這樣想。這也不像是開心，開心太淺了，這比較像是快樂，打從骨子裡噴發出

來積極的能量。我們自然也被這樣的氛圍感染，頓時被拉回幼稚園時期玩鬼抓人的年紀，跑啊、跳啊，這邊搔搔癢、那裡抓抓頭。

玩累了，我就在小牆上坐下，小朋友們一個一個跳到我腿上，幾個在我身後幫我綁頭髮，幾個拉著我，想要玩飛高高。坐在腿上的小朋友不想下來，還會被其他人集體撻伐，只好先下飛機，排隊輪流再來飛高高。

我穿著一條刷破的牛仔褲，一個穿著紅色碎花裙的小女生，輕輕地摸了一摸我牛仔褲破洞的地方，接著指著自己裙襬的破洞。我笑著跟她說，破洞是流行啊，很酷的人才能穿這樣破洞的設計。她靦腆地笑了一下。

他們穿的衣服顏色都挺鮮豔，除了上衣領口洗到變成荷葉邊，都算是整齊。幾個小朋友的衣服實在太大件了，穿得像斜肩設計一樣。

我坐在白色的塑膠椅子上，穿著灰色上衣的小男生靠在我身上，我用手機播音樂給他聽，重複撥放的是 COLDPLAY 樂團的〈EVERGLOW〉，歌詞大概是說：

他們說人們會來，人們會走，都是過客，

就是因為這樣才顯得特別珍貴。

當我烏雲罩頂，你給我一道光芒，永遠閃耀。
雖然你有一天會離開，輕的這個世界完全不知情，
但我還是能看見你，在星空裡。

　　他吸著手指，就這樣睡著了。我靜靜地看著身上安穩睡去的小男孩，他大大的肚子隨著沉沉的呼吸上下起伏。

　　在這一個時空下，你從哪裡來，要到哪裡去，似乎一點都不重要。重要的是我抱著你，你感到安全。此時此刻我哪裡都不想去，只想在這裡陪著你。

幾個小時就這樣過去，到我們該離開的時候。賽爾維亞男生對著他肩上的小女生說：「我走了，但是我會回來的。」他輕輕地把她抱下來，彎腰放到後院長著青苔、濕濕的地上。

我們都心知肚明，這生可能再也不會與這些小朋友相見了。她眨著大大的眼睛，盯著他看，慢動作張大了嘴，開始止不住地哭嚎。

我暗自希望他們以後不管遇到什麼難處，都知道曾經有一群哥哥姊姊因著他學到生命裡重要的一課，生命裡即使有一些痛苦的成分，但是總是會過的，千萬千萬不要放棄。總有人愛著你，希望你每天吃飽、希望你每天睡好、溫柔地祈禱你每天過得好。

離開的時候，小男生拉著我的衣角，我輕輕地摸了摸他的頭，轉身離去。我聽到他哭了，但我咬著牙，不敢再轉身……。

✈ *Dakar, Senegal*

霸道刻畫出的那片
溫柔國土 _

之所以旅行的目的，大概是想要在腦海裡畫出一幅清楚的世界地圖吧。每一個新造訪的國家，都教會我一段歷史，或是一種民族特性。腦中的這張世界地圖上，原本模糊的區域，在拜訪過之後，漸漸浮現該有的樣子。而隨著地圖的畫線越來越清晰，我驚覺世界之大，所知太少，內心更加地謙卑。

位於西非的塞內加爾是法語系國家，首都達卡的購物中心明亮整潔，超市裡擺設的食品跟法國的超市類似。這裡見得到許多外國臉孔，入住的飯店裡頭有不少從商的中國人及法國人。非洲大陸從來不讓我覺得陌生，中國大舉在這裡建設，因此不論去到哪個非洲國家，幾乎都能聽見幾句中文。

組員在來到不熟悉的非洲國家，大多是待在飯店裡頭活動，因此總是可以找到我們在飯店的池畔邊喝酒。接近傍晚的時候，我們開了幾支香檳，不知道要慶祝什麼，那就慶祝今晚非洲大陸的美麗彩霞。

「剛剛當地的朋友告訴我，這裡最知名的足球員想要邀請大家一起出去玩。」法國男組員這麼說。同是講法語的關係，他時常來到塞內加爾，在這裡交了朋友。只要有當地人帶路，我幾乎都樂得同行。

　　一群人分別搭著計程車，隨著足球員開車帶領，來到一個光線橘黃，裝點著骷髏頭與南瓜的餐廳。桌上的燭台隨著冷氣吹出的風，搖曳得千姿百態。穿著燕尾服的侍者在圓桌間穿梭。今天是萬聖節，但沒有人打扮成妖魔鬼怪的樣子。

　　「妳想喝什麼？」足球員問我。

　　「白葡萄酒。」我說。

　　「我來幫妳點吧，乾的還是甜的？」他知道我看不懂法文菜單。

　　「甜的。」我笑一笑。

　　飯後，一部分組員想要回飯店休息，另一些人要去夜店。我訂了清晨要去格雷島的導覽，格雷島（Île de Gorée）是有名的文化遺跡，過去是奴隸販賣的據點。不想錯過這一段重要且嚴肅的歷史，於是我也想要一同回飯店。在餐廳門口等待著其他組員的時候，3 個穿著潔白 polo 衫的男子輕鬆地向我問候。

　　「妳從哪裡來呢？」他們問，舉手投足顯得彬彬有禮。

　　「台灣。」

　　「真好。在紐約，人們都把台灣的灣，唸作 wen 喔。」戴著粗眶眼鏡的高個子說，刻意拉長了尾音。他的穿著挺像紐約人，但口音帶著一點法文的腔調。

　　「紐約人才沒有這樣呢！」我大笑。

「我們很常去杜拜喔，妳月中會不會在啊？」另一個人問我。

「去杜拜做什麼呢？」我問。

「杜拜可以說是我們的第二個家。」他們你一言我一語地舉例出杜拜的優點。

這樣開心地聊著，轉頭後發現組員全都搭車走了。當下唯一認得的臉孔只剩下足球員了，他正與攔下他的法國遊客拍照。

「上車，我帶妳去夜店吧。我訂了位，其他人都去了。」照完相後，他說。

「那是總統府。」路途中，他指著前方一座被圍牆包覆的碩大建築。「剛剛跟妳聊天的白衫男子，其中一個人是總統的兒子。」

「怎麼可能？」

「真的是啊。」

我們在夜店裡頭找到了失散的組員，剛剛那 3 個身穿白衫的男子也已經到了。

「欸，兄弟，她不相信你是總統的兒子。她問我，總統的兒子在夜店做什麼？」足球員向其中一個人說，害我不好意思的癟起嘴。眼前這個壯碩的年輕男子露出非常靦腆的笑容，與我握手。

「我們也是要出來玩的啊。這裡跟其他國家不一樣啦，塞內加爾是很親民的。」

「出門不需要保鏢嗎？」我問。

「有啊。」他指向穿插在舞池中，幾個身穿便服的男子。他們巧妙地融入在群眾間，還是比一般人高大許多。

三個穿白衫的男子總是不離開對方太遠。總統的兒子坐在沙發上，笑瞇瞇地注視著大家玩樂。另外兩個人，被上前打招呼的當地人稱作王子。

「半總統制的塞內加爾，被稱作王子的兩人是什麼角色呢？」內心雖然十分好奇，但並沒有多問。

舞跳得正盡興，突然竄上一陣倦意。於是我溜到吧檯，點了提神飲料。「喏。」被稱作王子的人出現在我身後，搶在調酒師之前，遞上了一罐。

我們坐在沙發扶手上聊著天，他拉起我的右手，「喀」地一聲，俐落地扣上了一個金手環。「天啊，這禮物我可不能收。」我急忙說，在昏黃的光線下卻怎麼也無法將手環解開。總統的兒子在一旁目睹，摀起臉偷笑。

「這可怎麼辦呢？」我露出求助的眼神。他頑皮地聳一聳肩，

好像是在說：「那是你們的事喔，我才不要介入。」

「當作是紀念品吧，看到這個就要想起我喔。」王子說。

「妳以前來非洲的時候，會買紀念品嗎？」他接著問。

「會啊，家裡放了很多動物的雕刻擺飾。長頸鹿、羚羊……」

沒等我數完，他塞了幾張美金到我口袋裡，「這些給妳買塞內加爾的紀念品。」急著要還給他時，他發出了嘖嘖聲，搖了一搖頭，「妳是我們的客人，要尊重我們的待客之道喔。」

聊渴了，於是我鑽到吧檯前想買一罐水。拿出信用卡準備結帳時，王子又出現了。一手把信用卡從調酒師的手上拔出，「搞什麼？怎麼會要我的客人付錢呢？」接著唸上調酒師幾句。

王子總是坐在沙發扶手上，眼神隨著我在人群中四處穿梭寒暄，只有在需要解圍的時候出現。像是在護著一隻鳥，距離拿捏得像是計算過那樣精準。離開的時候，他先是要保鏢送我上車，才與其他人一同離去。

這一晚的故事被編寫得太緊湊了，快得我措手不及。幾天之後才遲鈍地回過神來，想起來卻像是很久很久以前的事。塞內加爾豪邁真摯的相待，在我腦海裡的世界地圖上，霸道地刻畫出一片令人印象深刻的溫柔國土。

尊重一個
根本不存在的男人 _

「我只強烈要求一件事情，不要在飯店光著屁股跑來跑去。」印度籍座艙長在簡報室，以這句話做為報告的結尾。他講話的方式就是一個冷面笑將，瞪著巨大無比的雙眼，輪流直視著房間裡面的每個人。我噗哧一聲笑出來，房間裡沒有其他人在笑。

模里西斯是非洲的度假勝地，我們住在海灘上的度假飯店。組員的固定行程是晚上一起吃完吃到飽自助餐，就會聚集在泳池畔的酒吧喝酒，不論是哪一天、哪一組人馬飛這一個航班，這樣的行程幾乎沒有例外。喝了酒的一群年輕人總有幾隻會脫軌，所以幾件有名的越舉事件，也是眾所皆知。

一到了飯店之後，我就跟一群人去划獨木舟。一路上跟我示好的印度男組員，邊跟著我的船，邊不斷向我詢問，要怎麼樣才能得到我的青睞。又或者，要怎麼樣的追求方式才會讓我喜歡。

他很直接地把這本應該是拐彎抹角的問題，直球丟向我，我就用直球的方式打回去：

「如果我沒有回應，就該停止嘗試了，這就是讓我喜歡的追求方式。」我說。

「我可以問妳一個很重要的問題嗎？」他認真的看著我。

「我們可以不要現在談這個嗎？」我輕快地划走，去海面中間冒出來的岩石上找螃蟹。

海水很藍，但現在是這裡的冬天，剛剛下過雨的海邊其實挺冷的。我跟義大利男生和白俄羅斯女生排排坐在白色的沙灘椅上，裹著藍綠色的沙灘巾。這樣的天氣也不適合曬太陽，但是在悶熱難熬的杜拜市區住久了的人，極度珍惜任何能與大自然相處的一丁點機會。

白俄羅斯女生年紀稍微比我們大一些，她優雅地啜飲著高腳杯裡的紅酒。「我想跟你們分享一件事情。」聊天的途中她突然這麼說。「我的朋友最近跟我承認自己在兼差，但兼差的內容讓我實在太震撼了，在心裡久久無法散去。所以我想說出來，讓自己好過一點。你們知道玻璃桌面的傳言嗎？」她說。

「我知道。」我微微笑了一下，這個傳言我在幾年前就聽過，但一直處於謠言階段，從未被證實。

玻璃桌面的故事，是住在杜拜的富豪私人會所，高薪聘請性感貌美的年輕女子，在一段時間內嚴格執行綠色素食飲食，並在會所集會的時候，表演排泄在玻璃桌面上。常人無法理解的奇怪娛樂。

「總之，我認識的這個女生，剛開始在這樣的私人會所兼差。之後被一個富豪私自邀請，要她收集排泄物裝袋，裝袋了就立刻

請富豪的司機專程去取貨，這樣的合約期效是一個月，可以賺進40萬台幣。富豪會親自面試這些女生，夠漂亮的女生才會被邀請。」這個美麗的上午，就在這個令人瞠目結舌的話題中結束。

在走回房間的途中，印度男組員不斷傳訊息給我，邀請我去他的房間看足球賽轉播。「不了，晚餐見。」

「我好喜歡妳的長髮。」他在我正在享用晚餐，咀嚼著嘴裡的牛排的時候，出現在我的身後，一手插進我的頭髮，輕輕地往下梳。我猛一甩頭，像動物星球頻道裡的動物在驅趕蒼蠅一樣的動作，皺著眉頭說：「不要這樣。」

夜晚的模里西斯下了一陣雨，我們坐在飯店的酒吧裡，跟一群其他航班的組員一起。整個夜晚的玩笑主角是一個長相憨厚的黎巴嫩男生，想盡辦法要靠近新進公司的烏克蘭女生。我們不停開他玩笑，他也很認命地順著陪笑。無數隻眼睛等著看好戲地調戲著他們的進展，他也尷尬得綁手綁腳的。

我喝了一杯白酒，被長得像是雷哈娜的肯亞組員拉上台跳了

一支舞，我也累了。「我跟你一起走回去吧。」義大利男生這樣說。到了我的房間門口，我轉頭向他道別。

「到我房間再喝一杯酒吧。」他說。

「不了，明天見。」我嘴角一揚，清楚知道他的目的。

他一把抓住我的手，「來嘛，一杯就好。」

很有意思的，當他們想辦法要帶妳進房間的時候，都是同一種表情。

「明天見。」我又說了一次。

「妳確定不要嗎？」他跟上前來。

「我非常確定。」伸出手，指了一指根本沒有戴戒指的無名指，「我結婚了。」我隨口說。

「妳怎麼先走了？」才一踏進門，我的手機就不斷震動。

「我好想妳。」

「如果我一直不停戲弄妳，那是代表我愛妳。」

是印度男生的訊息。我也不是一個太冷漠的人，即便不喜歡的人，也會顧及他的感受。

「才剛認識我，你已經丟出『愛』這個字啦？」我以玩笑的方式回覆。

「我可以去你的房間找妳嗎？」他的簡訊又傳來。

「不可以。」

「我是真的很想妳，我要抓狂了。」

「如果不是為了我，你就當作是給我先生的一點尊重。停了吧，我沒有時間娛樂你。」我說，延續撒一個已經結婚的謊。

在我準備要洗澡之前，有人輕輕敲我的門。我墊著腳尖走到門邊，看了門孔，是一個另一班航班上的匈牙利男組員，一年前在聚餐的時候見過面。

「我可以進來嗎？」他醉醺醺的一隻手撐著牆面，有一點站不穩。

「你為什麼要進來？」我一臉莫名奇妙。

「我不是很舒服，想要有人睡在我旁邊。」他搖搖晃晃的。

「你可以找人睡在你旁邊，但那個人不會是我。你走吧。」我作勢要關上門。

「我保證不會做什麼越舉的事情，只是想抱著妳睡。」他手抓著門框，不讓我關門。

「當然囉，你當然不會做越舉的事情囉。」我假笑了兩聲，他還是不鬆手。

百般無奈，我決定繼續說同一個謊。

「我結婚了。」

他退了兩步。「可是我們去年聚餐的時候，妳單身啊？」

「很多事情可以在一年之中發生，掰。」我關上門之後，確定落地窗的鎖也已經鎖上。

其實我也不是特別意外，在酒吧簽帳單的時候，他探頭看了我帳單上的房號。只是我沒想到他真的會大膽地出現。

不同膚色，不同口音，不同的講法，目的都是同一個。幾年來的飛行讓我學到的是，很多人並不懂得尊重妳的拒絕。但當他們知道他們的行為，會侵犯另一個男人的尊嚴的時候，就比較有可能會停下來。這就是為什麼我撒這個已經結婚的謊。

挺諷刺的吧！這天的實驗結果出爐：這些人不懂得尊重我的拒絕，卻尊重我一個根本不存在的先生。

3

美洲 America

在每趟航班裡頭，幾百個人來來去去。
他們的難題好像與你無關，但你我的人生中都有許多難處，
人與人相處，是該保有一些善良。

到世界另一頭，
給自己的畢業盛典 _

2014 年的 6 月發生了幾件事。我大學畢業，杜拜的航空公司在台北開放招募空服員，世界盃足球賽在巴西里約舉辦。

我跟好朋友愛麗絲雅坐在高雄街頭的一家小酒吧，非常台式的地方。「再一個月，巴西世足就要結束了。我想要在面試完航空公司之後，趕在賽事結束前去里約。找個伴比較安心，妳要不要跟我一起去？」我問她。

經過了一個晚上，事情巧妙地演變成，她比我更認真準備要去里約的行程。一切計畫都是她催促我完成……

「我訂好青年旅館了。」

「簽證幾號以前要遞出申請喔，申請的旅行社在台北的什麼地方。」

「不要忘記去銀行申請財力證明。」

足球賽期間的住宿特別難尋，尤其我們又在接近季軍賽開打前才要抵達，那時正是整個賽事慶典的高潮。於是我們隨意地訂了還有空房的住宿，租了當地人的公寓。

我比愛麗絲雅晚一天到里約。在里約熱內盧的機場，我在電信公司的櫃台前面等了一個小時。

「您好，一個小時前，櫃台人員說我買的 SIM 卡 20 分鐘就會到了，但是現在還沒到。」「您好，我已經等了一個多小時了，還是沒有消息。請問還要等多久？」「不是我想要催促您，但是我真的等很久了。」

當下實在是十分氣餒，除了語言不通以外，也不斷挑戰著自己講求效率的神經。同樣站在櫃檯附近閒晃的，是一個背著粉紅與灰色相間背包的高挑女生。

「妳也在等 SIM 卡嗎？」我問。

她是印度裔的南非人，叫做阿席娜，說自己是邁阿密萬豪酒店的餐飲部經理。但她的樣子像是一個大學生，裝扮也挺隨意。在我開啟話題之後，她滔滔不絕地說著自己臨時決定要來里約的故事，思路跳躍著比初生之犢更不畏虎。

「總之，我根本沒有訂飯店就飛來了，反正總是找得到地方落腳的。」阿席娜說。

「妳上網查過嗎？這個時間住宿實在是非常難找喔。」

「真的嗎？那可怎麼辦才好啊？」她緊張起來。

「不然妳先住我這裡怎麼樣？等妳找到住宿再走也沒關係。」我說。

「真的嗎？妳真是天使！」她非常用力地抱住我。

「我在機場撿到一個新朋友喔，妳不介意吧？」我傳訊息給愛麗絲雅，即便我知道她當然不介意。

計程車帶我們來到了一個住宅區，早一天到的愛麗絲雅拿著一串大約十支的鑰匙串，在大鐵門前迎接我們。鐵門的構造很有趣，像是架在大樓門口的一座籠子。在解開鐵籠的鎖之後，又必須解鎖一道大門，才能進入住宅大樓。

住宅大樓的中庭掛著等著被曬乾的衣物，各種尺寸的巴西國旗掛滿了各家的陽台，計較著哪一家更愛國一些。階梯口也架著鐵閘門，每走一層樓，就必須用對應的鑰匙開一次鎖。

「治安看起來真的是不太好。」愛麗絲雅解著鎖，口中唸唸有詞。

「如果被歹徒追著跑呢？怎麼可能這麼快的開這麼多個鎖呢？」我問，手舞足蹈地演示出，跑、跑、跑、開鎖，跑、跑、跑、開鎖的樣子。

公寓挺小的，沒有太多擺設。兩個穿著彩色卡通短褲、白色

汗衫的年輕巴西男生挺著中型的啤酒肚，坐在客廳看電視。節目主播激昂地分析足球賽各組的賽況，不斷地被來賓打斷，熱烈地捲成一團葡萄牙文的辯論大會。

巴西男生站起來向我們打招呼，這時我才知道，這幾天要跟他們住在同一個屋簷下。房間實在不夠大，不夠阿席娜跟我們一起睡。巴西男生熱心地敲了一敲隔壁鄰居的門，裡頭的巴西奶奶很樂意地接收了這個突然到來的旅客。

房間裡沒有被子，只有一條床單。7 月是這裡的冬天，每個晚上睡覺前，我和愛麗絲雅都把所有的衣服層層疊疊地套在身上。像是兩條遠渡重洋的大腸包小腸。

我們正好趕上季軍賽，但黃牛票漫天喊價，已經達到了嚇人的程度。聽說光是想要坐進場內，就要 5 萬塊台幣喔。號稱世界上最美的海灘之一的科帕卡瓦納（Copacabana）海灘上，舉辦著免費進場的 fan fest，直白的翻譯就是「球迷慶典」。

這是主辦單位 FIFA 跟里約一起安排的大型公開直播賽事活動，現場除了超大型的直播牆面，還有食品攤位、演唱會，像是一場熱情的嘉年華。

那一年的世界盃，巴西在四強賽以 1 比 7 的殘忍比分敗給德

國隊，幾乎把足球當作信仰的巴西人，就像是打了一場敗仗一樣難受。下一場季軍賽我們在海灘上觀看，最後巴西還是輸給了荷蘭。但是既然都與冠軍無緣了，那天民眾比較像是出來派對的，La ～ La ～ La ～（世足官方歌曲），輸贏似乎沒有那麼重要。

　　阿根廷對決德國的冠軍賽當天，fan fest 前大排長龍。與國旗一樣，畫得藍白相間的阿根廷男人幾乎攻佔了整個海灘。愛麗絲雅跟我被整齊的加油歌曲，還有半裸著身子的人潮推著走，身上沾滿了別人的汗水。

　　現場演唱會的歌曲讚頌著四海一家、世界大同，各國人齊聲哼唱，非常振奮人心，就像音樂錄影帶會出現的那樣。但音樂錄影帶沒有這種汗水夾雜海水的嗅覺臨場感，類似中學時期，上完體育課之後的教室。只是今天的這個教室，是在海邊。

　　德國得到冠軍之後，街頭充滿失望的阿根廷球迷。那時已經入夜，到處都是玻璃摔碎的聲音，氣氛詭譎，就像是在醞釀一場暴動。我們在混亂的街上行走，我感覺背包拉鍊被拉開，轉身後，一個皮膚黝黑的男人快速離去。他把我的粉餅盒摸走了，可能以為是手機。街頭上出現火焰，燃燒的報紙在風中飛竄。

　　眼前的景象與白天時歡欣鼓舞的樣子截然不同。我和愛麗絲雅小心地避開人群，任誰來上前搭話都不予理會。現在世界各地的電視觀眾，應該都在看著德國隊歡慶的畫面。不過身在其中呢，才真正地體會到，比賽有輸有贏，有人開香檳、有人摔酒瓶。

　　2014 年的巴西世界盃就這樣結束了，說起來，也算是在世界的另一頭替年輕的自己完成一場臨時又衝動的畢業盛典。世界各地遠道而來的球迷紛紛打道回府，我們的旅程卻還沒有結束，這個城市有太多的故事還沒有說完。

一月的河流 _

里約熱內盧（Rio de Janeiro）的意思是「一月的河流」。這個名字是第一批到里約的葡萄牙人取的。他們初到達這裡的海灣時，以為是一條水源豐富的河流，所以誤取了這個名字。

世界盃足球賽結束之後，為了更靠近更有生命力的市區，我們搬到了位在 Lapa 的青年旅館。Lapa 位於市中心，充滿豐富的文化歷史，許多里約知名的景點都圍繞在此。除此之外，這裡也是里約夜生活的心臟地帶，有紅燈區的影子。入夜之後的喧鬧聲在清晨才會停歇。

入住的這間一星級青年旅館，房間是 4 ～ 6 人男女混宿。房間門不上鎖，因此住宿在此的年輕人經常到處串門子。所有人都認識所有人。「201 號房住的是一個西班牙男生、一個澳洲男生跟兩個阿根廷女生。202 號房是兩個台灣女生、一個南非女生跟一個以色列男生。203 號房住的是兩個法國女生，一個牙買加……」非常有活力，但毫無隱私的地方。

我每天都會看到敘利亞男生，阿敏，起初以為他是這裡的員工。「我是敘利亞難民。」他說。「我逃到巴西後，什麼都沒有。這間旅社收留了我，讓我不支薪的在這裡工作。有空床的時候，我就睡在床上。沒有空床的時候，就睡在大廳的沙發上。」

　　那一天晚上，同是住在旅館的一群人決定去嘻哈夜店，門口擠滿了被保安擋下的人。如鮭魚迴游一般，好不容易快竄到了門口，朋友們一個個進去了。阿敏卻在這時拍了一拍我的肩膀：

　　「裡面太吵了，我在門口等你們。」

　　我朝前方入口一看，原來是要收門票費。怎麼會沒有提早想到呢？我買了兩張票，在混亂的人群中，找到呆站著的阿敏。

　　「你的票。」

　　「我的天啊，真的是太感謝妳了。」

　　「過去在敘利亞，我的生活非常完美。5 個兄弟與父母同住在一棟大房子裡。另外還有一些房產在首都大馬士革，過得很不錯。我在學校唸的是飯店管理，課餘在喜來登飯店工作。2011 年初，受到阿拉伯之春（指阿拉伯各個國家為了「民主」和「經濟」等發起的社會運動）的影響，國內發生了許多示威抗議活動。我們以為隨著時間久了，事情就會平息了，並不以為意。但時間過去了，等到的卻是政府與人民的劇烈武裝衝突。

　　那時弟弟剛成年，於是先被政府徵召服兵役。他在進入軍隊之後，就失去音訊。起初以為是通訊設備的問題，但過了好幾個月，還是沒有他的下落。眼看著我也快要大學畢業了，畢業後也得要進入軍隊。因為弟弟的消失，父母堅持不要讓我去服兵役，

唯一延遲兵役的方法，就是在學校再修一個科系。申請完科系之後，我必須去政府機關申請延遲兵役。當時政府機關極度地貪腐，每一關都要收賄，才讓我去辦下一道手續。我分別付錢給 10 個工作人員之後，才見到負責人。那時我身上已經沒有錢了。

負責人向我要錢，我跟他說我身上沒有錢了。他假裝同情我，假裝幫我完成手續。實際上他並沒有，他以為如果我被街上的軍事哨站擋下，他們會把我送回他這裡。到時我就必須付錢。總之，那是我事後才知道的事。

我繼續過著學校的生活。一年以後，弟弟連絡上我們。他被送到很遠的國家北邊，軍事情況越演越烈，父母太擔心他了，建議他逃出軍隊。逃兵如果被抓到，後果十分嚴重。於是，家人決定一起逃到海外。

去申請護照的時候，政府人員在登錄我的名字之後，臉色垮了下來。當初沒收到錢的那個負責人，並沒有幫我登記延遲兵役。所以官方來說，我是逃兵。

『你這個混帳恐怖份子！』我聽見他們大吼。
我的頭上被套了一個袋子，手腳上銬。被毒打一頓，失去意

識。醒來的時候，發現自己像馬鈴薯一樣，被裝在麻布袋裡，四周搖搖晃晃的，應該是在車上。我被丟進一座監獄，身上所有的東西都被搜刮，只留下一件內褲。這間鐵牢裡面總共 44 個人，只有一個馬桶。如果我們要同時睡在地板上，根本躺不下，所以有時候得要站著睡覺。我們時常沒有食物，也沒有水。

　　我們白天被毒打虐待，晚上被丟回牢裡。其中一個 15 歲的青少年，是因為言詞污辱總統被關進來的，他也是被這樣虐待。這個監獄不在官方資料裡頭，並且時不時就移監。我的父母花了 3 個月找到我，又付了幾乎所有的家產，才把我弄出來。那時我身上很多的傷口都深得見骨喔。我被送到黎巴嫩的醫院，在那裡住院 3 個月。」

　　阿敏把上衣撩起來，大條的粉紅色傷疤看起來像是長出地面的榕樹根，背部的皮膚起起伏伏的。有些是很深的刀疤，有些像是嚴重的燙傷，很少有平整的地方。

　　「當時聽説巴西政府願意收留難民，於是我就到這裡了。」

　　在那次拜訪里約的兩年之後，我執勤里約航班，於是又回到這裡。阿敏開著一台自己買的舊賓士來接我，他學成了一口流利的葡萄牙文，家人陸陸續續被巴西政府收留，一家終於可以團聚。

他們住在教會裡頭，白天在教會前的人行道上擺攤，賣中東小吃 Falafel（鷹嘴豆泥蔬菜丸），生意非常不錯。

「很好，很好。」他說。

寫這篇故事的時候，已經認識阿敏 4 年了，此時的他正忙著申請巴西公民。辛苦了這麼多年，終於要在世界的另外一端，成為一個有國家的人。

「阿敏，你好不好？」我傳了一則訊息給他。

「啊，我好想妳啊！要再來里約拜訪喔！我很好，很好。」

要不是遇到阿敏，我可能一輩子也無法相信，居然有人能在走過這麼黑暗的長夜之後，還保持這樣的樂觀與善良。

人與人相處，
還是該保有一些善良 _

每個航班上的客人組成，都有其獨特的性質。

航空總部杜拜介於各大洲中介點，於是各地的旅客到此轉機，依照旅行的性質各自分散到特定的航點。這麼說可能太模糊了一些，我舉幾個例子：中國廣州是批發的大本營，因此航班上會出現非常多非洲商人；中國在非洲大舉建設，所以像是辛巴威哈拉雷這樣的非洲航班，就會坐滿建設公司的中國人；澳洲有許多英國移民，每到節慶時期，這一條被稱做「袋鼠航線」的超長航道上，就會有許多人攜家帶眷地回去探訪。

紐約航班上的客人組成，年紀很大的爺爺奶奶佔了不少的比例，這些爺爺奶奶大多來自印度，要去紐約探望移民的子女。我在紐約有許多家人及朋友，因此時常飛紐約，也遇過好幾個令人印象深刻的故事。

這一天的航班上，有位年紀很大的印度爺爺一個人上機，我問他要不要換到一個旁邊有比較多空位的座位。爺爺好像沒能理

解我在講什麼，顯得有點緊張：「這是我的座位，這是我的座位。」他不停重複。於是我找了印度籍座艙長來向他解釋。

這個爺爺已經 88 歲了，要去紐約找兒子。自己坐了 4 個小時的車，從家鄉的村莊到科契機場，再飛了 4 個小時到杜拜，轉機等了 3 個小時。乘上這一個航班之後，爺爺以為他就快到紐約了。在座艙長跟他說這個航班的飛行時間是 14 個小時的時候，爺爺猛一抓胸口，倒抽了一口氣，說：

「天啊，聽到這個，我要心臟病發了。」

座艙長急忙說：「您可不要做這種動作嚇我啊！這樣我也要心臟病發了。」

事前沒有人跟爺爺說過，原來「紐約」離家鄉這麼遠。

這 14 個小時當中，爺爺沒有起過一次身，小便就直接解在座位上。於是，整區機艙開始散發味道，每過幾個小時，味道就更濃烈了一點。四周的乘客似乎完全理解這樣的狀況，沒有人抱怨，也沒有人提出要換位子的要求。

坐在爺爺隔壁的乘客，一個大約二十幾歲，髮長及肩的亞洲男生，在航班快要落地之前，要求要見座艙長。忍了這樣的味道十幾個小時，我以為他要抱怨些什麼。

沒想到他是跟座艙長說：「你們不用擔心爺爺下機之後找不到兒子，我會等到聯絡上他的兒子，等兒子接走他之後才會離開機場。」在座艙長走進廚房，跟我們說明是這樣的情況時，飛了快 14 個小時、疲憊又僵硬的我們都好像融化掉了。

每天身處在忙碌和機械化的工作情境裡，幸好總還有許多人提醒著我們，生活裡的那些善良和溫暖。

另有一次是一趟 6 天的米蘭─紐約班。

　　組員們飛到第三天，已經略顯疲態。在米蘭要飛往紐約的班機上，登機的程序到了尾聲。一個大概 50 歲的義大利男客人走向我，用不是太流利的英文跟我說：

　　「My dad died, I have to go.（我爸過世了，我必須下機）」他還算鎮定，但是眼神盡是悲傷。

　　「好的，我立刻打電話。」握著話筒的右手莫名僵硬，有些顫抖。他的父親臥病在床一陣子了，登機的時候，收到親友的電話告知父親走了。我把這名乘客交給客艙經理，但心情還沒辦法平復。

　　客人一旦登機之後要離開飛機，程序上會有些麻煩。因考慮飛航安全，擔心乘客遺留危險物品在機上，所以他的所有物品都要跟著他一起下機，組員也需要重新檢查一次機艙。

　　做完安檢之後，走進廚房，其他組員正在閒話家常，討論待會去紐約要玩什麼、抱怨自己的男朋友多麼不體貼。一個組員回頭看了我，問我幹麻板著一張臉。

「他父親剛剛走了。」我面無表情地回覆。

「我知道啊，但又不是妳認識的人。」

　　我離開廚房，靠站在空位的椅背上，打算歇一會。這時候，一個與我年紀相仿的華人男生，與插著呼吸器、坐在輪椅上的爺爺一同上機。地勤忙不過來，又要幫忙他們拿行李，又架著呼吸器，還要想辦法在狹小的機艙空間裡，推著輪椅移動。

　　我小跑步上前。

「我能為你們做什麼？」我問年輕男子。

「我們希望輪椅可以留在機上，不要放在貨艙，爺爺才能在客艙移動。」他說，「地勤說，要問你們有沒有位子可以放輪椅。」

「有，當然有！」

　　我怎麼樣也要為他們移出一個位置。我把所有行李櫃打開，試圖空出一個夠大的空間。一個組員走向我，冷冷問了我一句：

「你在幹麻？輪椅放貨艙就好，這裡沒位置。」

　　我牙一咬，沒吭聲。終於，找到一個空的行李櫃，裡頭只放了一個組員的手提行李。

「太好了！」我心想，手提行李夠小，可以塞進其他行李櫃。

就在我要移動組員的行李的時候，她衝上前，用力關上行李櫃。

「我的行李不能動！」她說。

「沒有位置，我就要決定把輪椅放到貨艙了。」客艙經理對我說。

我急忙回：「再給我一點時間，我可以移出位置的。」

花了一番力氣，在滿滿的行李堆裡，挪出一個大小剛好的位置，輕輕地把輪椅放進去。

這是幾年前的事了，自從那次之後，我再也沒有遇過那樣不可思議的組員。身邊大多數的同事都是充滿愛心又雞婆的溫暖角色。紐約航班上特殊的客人組成，總是提醒著我包容憐憫的課題。

每一天的每一趟航班裡頭，幾百個人來來去去。無止盡的難題中，有一部分會丟向你；他們的難處好像與你無關，但是你我的人生中，都有許多難處，在不是很好的情況裡，人與人相處，是該保有一些善良。

✈ New Jersey, U.S.A

再厲害的風景，
都比不上跟你搶一碗泡麵 _

弟弟大學休學一個學期，在紐約布魯克林的教會當志工，帶著弱勢家庭的小孩進行活動。我當然樂見他這麼有愛心，雖然有點擔心，但覺得這樣的磨練跟經驗，是學習過程中難得的體驗。

我現在正值待命月，待命月大概兩年會隨機出現一次，意思是該名組員這個月沒有班表，每天下午 6 點左右，才會知道明天要飛哪裡。大家都很不喜歡這個月，因為整個月都無法事先安排任何活動，總讓人覺得生活被別人掌控了。

不過，我剛好被抓飛了一個紐澤西航班，興高采烈地告訴弟弟這個消息，我在紐澤西住的飯店離他的教會車程約兩個小時，應該可以見面。於是我拉著一箱從台灣帶到杜拜的各種零食去上班，要讓他解解饞。這些糧食原本是要庫存給自己的，不過我還有機會可以回台灣，住在國外久了，對於想念家鄉食物的心情實在太了解了。

只是弟弟每天都有服務活動，只有晚上有空檔，剛好與我在紐澤西有空的時間恰恰相反。
「你不能請半天假嗎？」我問他。
「只有很重要的事情才能請假。」他回我。
他對志工服務的熱誠是我理解的，但這樣的回應還是讓我當

下有一點受挫。

飛機在紐澤西落地後，已經接近半夜，我傳了封簡訊給他。「我明天中午有精神的話，在午餐時間去找你。」

拉著行李上飯店車，我一個人坐在最後一排。這時，突然一口被想家的心情吞噬，我想起 4 年前剛開始飛行生活的時候，憂鬱難過的那一段日子。媽媽跟弟弟在我飛到新加坡時，在新加坡機場的行李轉盤區等我，我是怎麼當場崩潰痛哭。

想到這裡，我開始掉眼淚。但妝也不能哭花了，我用手背把眼淚壓乾，跟著組員一起進飯店。

「妳要睡了嗎？」弟弟傳來訊息。
「沒有啊，在床上躺躺。」我說。
「我大概一個小時內到。」他回。
「什麼？你現在要來？」現在晚上 11 點半。
「對啊，在公車上了。」
「那你快到的時候跟我說一聲，我下去接你。」我說。
「妳跟飯店櫃檯說一聲就好啊，不用勞駕妳下來了。」他回。

　　我七早八早就下樓，坐在飯店大廳離門口最近的位置。弟弟胖胖地走下車，我拿起手機拍了一張照片，寄給現在人在香港的媽媽。

　　「欸，我的腳很臭喔。」他坐上床脫襪子的同時警告我。
　　我開了一包鱈魚香絲：「反正味道一樣。」

　　「你要吃哪一種泡麵？我有日本拉麵跟台灣牛肉麵。」我從行李箱翻出兩碗泡麵。「牛肉麵好了。嗯，拉麵好了。還是兩個都吃？」他胖胖地笑一笑。

　　他讓我看他每天活動的影片、訓練的內容。他們在比較貧困的區域，挨家挨戶敲門問人們：「家裡有沒有小孩子？」並且向家長說明，家裡的小朋友可以免費參加他們舉辦的活動，比如說在中央公園跳舞、講故事、發糖果。

　　「剛開始敲人家的門，大家都會有一點敵意。但知道我們是誰、了解我們的目的之後，他們就會很樂意參與。」弟弟說。

　　是啊，主動去敲別人家的門，總是一件不太舒服的事情，這樣的事情是我做不來的。但弟弟的眼睛閃閃發光的，邊講著他的

故事，邊吃著泡麵。就是這麼一個瞬間，你的弟弟、妹妹，兒子、女兒，做出一件你沒有能力做的事，讓你終於理解到他真的長大了。說實話我真的替他驕傲，吾家有弟初長成。

「你的肚子越來越像我們家的舅舅了喔。」隔天早上一大早，他起床刷牙的時候，我玩笑地說了一句。

「那是昨天晚上泡麵的湯啦，不然原本我的肚子是這樣。」他深深吸一口氣。

「可是我有胸肌喔，我每天去健身。」他說。「不信妳戳戳看。」

他又坐車回紐約訓練了。中午的時候，我在飯店邊打著這篇故事，邊跟弟弟視訊，他抱怨著每天吃馬鈴薯多不習慣。「花錢去外面吃亞洲菜啊。」我說。他邊碎念著要省錢，邊數著好想吃牛肉麵、拉麵、牛肉燴飯。

「下次我來紐約，我們去吃牛肉麵啦。」看他一口馬鈴薯，兩口鱈魚香絲的，我上網找到一個美國外送台灣零食的網站。「我幫你訂零食送過去，好不好？」我問他。「不要啦，會胖。」繼續塞著滿口的鱈魚香絲。

這時候我終於可以理解，為什麼每次我跟媽媽視訊，她只要

看我吃得開心，她就非常放心的心情。又或者，為什麼每次回台灣，她都花一個下午幫我打包食物，讓我帶回杜拜的原因。

其實來美國也不是一定要見到弟弟，只是想知道他吃得飽飽的，睡得好好的。總之，知道他過得好，我就好。

你知道嗎？參觀世界上再有名的景點，拜訪再漂亮的風景，或是品嚐再有名的米其林餐廳，都好不過待在房間跟弟弟搶一碗泡麵吃。

不寫了，再寫我又要哭了。

 Los Angeles, USA

攸關國土安全的問題 _

　　故事從事發的兩個月前說起，那天我做了一個伊斯坦堡航班。航班登機的時候，我在商務艙。一位商務艙的土耳其乘客，從踏上飛機的那一刻起，就盯著我。他的眼神毫不畏懼又犀利地追著我走，令人有些彆扭。他大概 175 公分，穿著淺藍色的西裝襯衫，長睫毛下的眼睛是杏綠色的。

　　「我在哪裡見過妳。」他說。
　　「我不記得看過你。」我邊笑邊說。
　　「不，我保證，我在哪裡見過妳。」

　　飛機起飛了，服務的時候，我在經濟艙。這時，他出現在我身後，嚇了我一跳。
　　「欸，你在經濟艙做什麼？」我問。
　　「我只是想來看看妳啊。」他說。
　　這趟 4 個小時的航班，他來探視了我好幾次。

　　航機快下降的時候，我回到商務艙。他一看到我，就一把抓

起我的手，跪下來。我有些驚慌，請他站起來。他不肯。

「你答應我兩件事，我就站起來。」所有商務艙的乘客都好奇地看著我們，當下我真的糗斃了。

「第一件事，是要請妳看一看我剛剛傳給我老爸的簡訊。」他把手機遞給我。簡訊上面寫著：「爸，我愛上一個來自台灣的女生。」他還是跪著，「第二件事情，我要妳的電話。」我給了他 whatsapp 通訊軟體的號碼。

他在土耳其的大使館工作。這兩個月內我很少回覆他的訊息，他來了杜拜好多次，每次我都說我在飛。兩個月過後，在我飛美國洛杉磯的兩天前，他的簡訊來了：

「嘿，妳的下一個航班是哪裡？什麼時候？」這樣的問候在航空業很常見吧，所以覺得沒什麼問題。

「洛杉磯，兩天後。」我簡短地回覆。

「知道了，我搭妳的航班，跟妳一起去。」

「哈、哈，別鬧了。」杜拜飛洛杉機 16 個小時，他住在土耳其，你說我怎麼當真。

3 個小時以後，他傳給我一段他在伊斯坦堡機場奔跑的影片——他正在趕飛機，從伊斯坦堡要來杜拜！

這老兄居然是玩真的。

「我落地了，妳醒著嗎？我想帶妳去吃宵夜。」
「明天下午喝杯咖啡吧。」我回覆，帶上好朋友一起。
其實，我是想要説服他，想跟他説花這些錢跟精力不值得。我十分感謝這樣的好意，不過實在不必要，我真的心領了。

我們坐在市中心的室外咖啡廳，中午的杜拜陽光普照。我點了一杯黑咖啡。

「我動用了外交部的關係，才買到當天伊斯坦堡飛杜拜的機票。因為航班客滿，我請外交部向航空公司發通知：『這名外交部官員必須搭上這一班飛機，這是攸關國土安全的問題。』」他手足舞蹈地訴説著整個過程。

「聽著，我很感激你的用心。不過我真心希望你不要浪費心力與時間跟我去洛杉磯，因為我已經安排好了要見家人與朋友的行程，不會有多餘的時間。」我説。

「妳就當作是讓我終於做了一件讓自己開心的事情，好不好？我真的很久沒有那麼喜歡一個人了。」他堅持要去。

談話之中，他透露了自己知道我從幾年開始，在美國的哪裡上學，他知道我什麼時候搬到杜拜，他知道我的中文本名，知道

我的護照號碼。

「你怎麼會知道這些事？」我很驚訝。

「別忘了，我在外交部工作。」他得意洋洋地說。「我還知道，台灣護照在哪些國家不用簽證，我可以帶妳去那裡玩。妳這個月什麼時候放假？我們去日內瓦。」

隔天的洛杉磯航班，他第一個登機。我對他，像是對所有我認識的人來搭乘我的航班一樣，特別照顧。送餐會先送他的，耐性地多問幾次需不需要什麼。他剛開始十分禮貌，航班中途，他來到廚房對我說：「我想親妳，不過妳在上班。」、「我真想妳。」搞得我渾身不舒服。

在洛杉磯，他當然也是住在組員入住的飯店。

「我請司機來接妳，我們出去玩。」他傳簡訊來。我沒有點開訊息，我在行前就已經說明了自己行程已經安排好了。不過每次出入飯店大廳的時候，我都特別小心翼翼，深怕撞見他。

兩天後，從洛杉磯回杜拜的班機上，他向我輕輕地一鞠躬，就上了自己的座位。班機飛行途中，他總是站在遠方看著我，直到我不小心與他對到眼。他走向我，我有些害怕，於是藉故轉身離開。

「妳的土耳其老公在找其他組員麻煩。」座艙長無奈地開玩笑。「再這樣下去我可能要寫乘客報告了。」

那次航班結束後，我就再也沒有聽到這個人的消息了，喔不，不對，除了他一年後傳 Instagram 訊息問我：「記得我嗎？妳想不想跟我一起作生意？我的目標設在台灣喔。」

這個人挺浪漫的吧？
不過，浪漫過了頭，就變得有一點可怕了。

4

歐洲 Europe

———

於是，我們飛成了一個個孤單的個體。

渴望在各國飛行回家之後，有個人陪伴；

希望在落地打開手機的瞬間，有簡訊傳來關心。

✈ Moscou, Russia

魔鬼終結者的溫柔身影 _

　　刻板印象這個詞彙，乍聽之下好像挺負面的。但如果一個人完全符合所有刻板印象，就會變得非常有趣。

　　公司的一百多個航線網絡裡，莫斯科屬於出了名的戰鬥航班，客人的一切都好，就是實在太過於會喝酒了。這天，我上班前在梳洗準備的時候，就是以一種要上戰場的心情畫上戰鬥妝。過去執勤過的幾次莫斯科航班，飛機都是在酒櫃空盪盪的情況下降落。

　　「哈囉，裡面還有酒嗎～嗎～嗎～嗎？」如果朝著空蕩的酒櫃這樣大喊，可能會聽到令人傷心的回音。僅存的那一瓶威士忌支支吾吾地回應：「剩下我～我～我～我～」但最後也被可憐兮兮地喝掉了。

　　在航班前的簡報室裡頭，俄羅斯籍的客艙經理問大家：「各位，今天的航班我們可以預期什麼呢？」回應的是一片寂靜，卻可以聽見每個人腦袋裡分別播放著高昂的戰歌，戰鬥、戰鬥、戰鬥。

　　一個像電影魔鬼終結者一般，相當低沉緩慢的聲音劃破寂靜──在說話前，他先慎重地清了清喉嚨：「我從莫斯科來的。」

他停頓了一下，「這個航班就跟其他航班沒什麼兩樣。」

他眼神直直地盯著客艙經理，臉上絲毫沒有表情，口音完全跟好萊塢冷戰電影，或是黑幫電影裡所看到的角色一模一樣。

簡報室陷入更深的寂靜，組員在記事本上寫字的筆劃聲陸續停下來。為了化解尷尬，埃及裔的座艙長開著玩笑說：「莫斯科航班是非常忙碌沒錯，但客人很好講話的。你問他早餐要吃什麼？他回你伏特加；你問他午餐要吃什麼？他回你伏特加；你問他要喝什麼果汁，他回你伏特加。」引來大家一陣議論，紛紛點頭稱是。

俄羅斯客艙經理接著分享：「請對客人使用柔軟的身段，在你一開始強硬的那一秒，俄羅斯人就會比你更加強硬。你們也知道，我們這個民族……」他朝著魔鬼終結者組員笑了一下，想要從他身上釣出一點反應，終結者本人並沒有笑，只是淡淡地說：「如果客人喝得太醉了，讓我來處理。」

我坐在簡報室的一角，從頭到尾努力憋笑著，不小心逼出了幾滴眼淚。居然有一個完完全全符合戰鬥民族刻板印象的人出現，實在是太有趣了。

這天的航班正像魔鬼終結者組員弗萊德所預測的一樣,如鴨子划水一般順利。

「晚上我要跟家人吃飯,但現在可以先帶大家逛逛莫斯科。」弗萊德在我們到達飯店時宣布。通常組員好不容易有機會飛回家,一溜煙就會不見了。要做的事情太多,擁有的時間太少,哪還跟同事瞎耗在一起呢。

他讓大家列出想去的景點:聖巴索大教堂、克林姆宮、紅場、博物館,並浩蕩地帶著隊伍先是搭公車,又轉乘地鐵。

「妳坐吧,我想站著。」我在公車上沒位子坐,他迅速地站起身來。

「讓我來吧。」在地鐵票口,票務人員為難地看著我們剛剛換來的大面額鈔票,於是弗萊德掏出了零錢,替我們墊著。

這裡的地鐵站本身就是個熱門景點。框著肥厚金邊的巨大畫作豪氣地靠在潔白的牆面上,設計繁複、精細的吊燈優雅地從天上垂降,富麗堂皇的車站就像是一座大理石雕刻出的博物館。

莫斯科像從童話故事書裡不小心掉出來的城市，大膽的彩色色塊拼湊出不真實的街景。建築的屋頂有些像是戴著尖頂的帽子，有些則是蓋著圓頂的洋蔥頭。俄羅斯人把樓塔上的圓頂想像成是一團燃燒的火焰，因此使用的都是鮮明的顏色或是金色，模樣十分討喜可愛。這是我所見過最像夢境的城市。

「弗萊德，我肚子餓了。」
「想吃俄羅斯菜嗎？」
使命必達也不過這個樣子吧。他帶著我們來到了一間自助餐廳，各種湯品、俄羅斯餃子及肉類像是藝術作品，一格一格地被整齊排列。

「弗萊德，哪裡可以喝酒呢？」有人提問。隊伍隨即被帶往一家頂樓的露天酒吧，紅場的美景在旁癡癡相伴。
「弗萊德，我想先回飯店。」他乾巴巴地陪著那位組員在街上等計程車，凍成了兩條冰柱。

擁有刻板印象的原始用意，是為了幫助我們在遇到不熟識的狀況時快速做出反應，使得做事情更有效率、判斷更迅速。不過，像弗萊德這種角色，就是刻板印象的修編者。

實在沒想到，印象中簡潔又有魄力的俄羅斯人，私底下居然是這麼柔軟又溫暖的模樣。

那天，莫斯科展現出的美，除了驚人的街景，還有魔鬼終結者的身影。

必須很努力，
才能看起來毫不費力 _

　　大概在 6 年前，臉書突然出現一個香港男生的頁面。他的每一張照片看起來都像精心安排過的場景。有一些照片是他塗上半臉藍白色的妝，妝上頭又貼著鑽石跟植物；有一些照片上，他的頭髮是粉紅色、藍色、紫色。場景不外乎是在歐洲的街景，或是攝影棚。

　　我覺得這個人實在太有趣了，邊瀏覽邊沉浸在一個「這到底是什麼人」這樣的思緒裡的時候，他居然傳了訊息給我。頓時有一種我在電腦這一頭偷看別人，還被抓到的心情。原來是不小心按了他的照片讚。就這樣開始了一段非常奇妙的旅程。

　　我跟他見過幾次面，基本上都是我飛去特定航點的時候，他飛過來找我。他是一名年輕廚師，我們的行程不外乎就是不斷地吃。有次在越南胡志明市，他帶我一天吃了 7 餐，除了鴨仔蛋，還裝了滿肚子兩人都不知道是什麼的食物。

　　曾經有一年聖誕節前夕，我在飛羅馬的途中，因為飛機機械問題，得要掉頭回杜拜。但他已經從倫敦飛到羅馬要等著跟我見面……真是什麼樣的巧合！當然只能放他一個人在羅馬餵鴿子過耶誕，但他也完全不怪我。他就是這樣的一個人。

像他說的：「A joy of a trip is it's spontaneity」，意思大概就是，旅途上最愉快的事情就是不在計畫中、自然而然發生的那些事。而我們也從不拒絕錯過任何可能創造故事的機會。如果覺得哪裡有趣，不管當時是幾點鐘，都會立刻前往。或是覺得哪間路邊攤好吃，也不在乎看起來衛不衛生，絕對坐下來點菜。反正拉肚子是待會兒的事。

他是一個非常認真做功課的人，他知道要去什麼景點，到了景點之後哪個山頭的拍照角度最好。什麼餐廳好吃，又有什麼秘密私房菜是不在菜單上的。而我就是那個很隨和的旅伴，說實在一點，就是那個不做功課的懶人，他說什麼我就照做。他說幾點起床，我就幾點起床。基本上每天只能睡 3 個小時，因為他覺得睡覺浪費時間，這世界這麼值得探索，怎麼可以花時間睡覺呢。

他會在早餐的時候，劈哩啪啦地告訴我今天的行程。他的思緒跳得很快，說話也很快。對於他安排的景點呢，我根本也插不上話，他考慮得太仔細了。一個認真的帶路，一個聽話的跟從，完美的旅伴。

當時他在世界第一名的餐廳，哥本哈根的 Noma 上班。我特意找上能夠見面的時間去拜訪他，又是一段像滑水的行程——滑

水這種運動是一艘快艇，後頭拖著一名穿著水橇的運動員；乘著
快艇的拖引，運動員完成在水面上站立滑行的運動。他就是那艘
快艇，我大概就是被他拉著的運動員。我們前進的速度很快。

　　晚上在離哥本哈根市區 45 分鐘車程的 Hotel Frederiksminde
米其林餐廳吃飯。菜單上來，你要選的不是點什麼，而是點幾道。
3 道、6 道、或是 9 道菜。選好了一個數字，其他的就讓廚師們
自行發揮了。我們互看了一眼：「9 道？」「嗯，9 道！」

　　每道菜上菜之前，他們會講個故事，比如說這個食材是從丹
麥的哪裡來的，靈感又是什麼。好像是先教你一段歷史，再把你
放去博物館看文物一樣的道理。

　　他的廚師專業，在我看來像是外星人的技能。一道長得像外星球來的菜色上桌，他東看看西摸摸，吃一口便可以告訴你裡頭有什麼。九〇後的他呢，大概是我遇過最有趣的人之一。以前做的是時裝，一下子跳入食材的世界。

　　他常常寄一些他新嘗試菜色的照片或影片給我看，印象最深刻的一段影片，是影片裡的人，把熱湯倒進裝滿活生生小甲蟲的碗裡，這就是他的晚餐。

　　踏上廚藝這條路，他只花了 4 年的時間，足跡就已經遍布世界前十名、各大米其林餐廳。剛開始，他其實只是個在雪梨名餐廳裡頭洗盤子的，而且沒有被支薪。

　　「不支薪嗎？」我驚訝地問，真的有人願意免費的為別人工作嗎？

　　「在走這條路的前兩年都沒有拿過薪水。因為我太菜了，又想去厲害的餐廳學經驗，所以只能厚著臉皮，拜託他們讓我免費去工作。」

　　有名的大廚房裡面，有時候是很嚇人的。不是被罵笨，就是被吼說動作慢，說是霸凌也好，但也習慣了這樣的文化。曾經有

一位亞洲廚師生氣，拿起金屬盤砸在他身上；員工在廚房裡面昏倒，其他人也就只從他身上跨過，當作沒看見；或是親眼目睹大廚把一箱高腳杯丟向他的副手，玻璃杯碎了一地。

「當時也不覺得奇怪，反正職位越高，丟向你的東西就越多。文化吧，因為大家是菜鳥的時候，都是被這樣對待。所以資深了之後，也這樣對待新人。」他聳一聳肩。第一份工作，因為弄丟了廚房的鑰匙，就被趕出來了。

我腦中飛快地出現自己在工作上遇到的不公與委屈，跟這些比起來，像是小巫見大巫。

他過去在澳洲工作的時候，住的地方都是老鼠，捕鼠屋一個禮拜可以裝上 13 隻。因為老鼠就住在廚房的櫃子裡，所以他把帶去的泡麵放在自己房間的上鋪，自己睡在下鋪，就這樣守著珍貴的泡麵；但隔天早上醒來，泡麵還是被老鼠吃得精光。有時候老鼠會住在他的行李箱裡，打開箱子都是一粒粒的糞便。

「在 Noma 工作的時候，常常出現很多厲害的角色。比如說：當時韓國第一名的大廚就有來見習。我在洗盤子的時候，轉頭看到他居然也在洗盤子。他說，沒有人知道他是誰，還被嫌棄盤子洗得不好，所以叫他站在旁邊觀摩怎麼洗盤子。」

　　Noma 像是名校一樣，大家都想去學習，但也不是每個人都待得住的。「好像是電影〈飢餓遊戲〉一樣，30 個人進來，幾個月之後只剩下 5 個。」他笑著說。

　　「以武林大會來比喻這裡的廚房就最好不過了，來自五湖四海的廚師，每個都身懷絕技。這些慕名而來學藝的，不乏高手中之高手。比如說：江振誠的甜品主廚、韓國的 Mingles 主廚、東京的 Sushi Tokami 主廚等等，位在亞洲頂尖米其林餐廳的廚師前來交流心得。如果一個團隊裡有五、六十個這樣的明星，餐廳不走在世界的頂端，也很難吧。」

　　「在裡頭工作，是不容許動作慢的，所有人做事情都要跑起來，士氣才會高昂。」他在講這件事時，臉上露出非常愉快的神情，好像正身在其中。我反省自己，如果被逼著一直要以小跑步進行工作，可能會非常煩躁吧。

　　這裡的食材很多都是拿槍狩獵回來的。每天大概會有 10 個人，花整個晚上處理上百隻的鴨子。除了拔羽毛，還要把子彈挖出來。Noma 也為哥本哈根帶來非常多的觀光客，曾經，北歐的觀光並不像現在這麼熱門，但北歐廚藝的興起，大大改變了廚藝界的生態。

　　他是一個看起來光鮮亮麗的人，總是穿著顏色搭配協調的衣服，頭頂上染著各色的頭髮也梳得整齊；但袖子一拉起來，盡是在廚房工作意外的燙傷。他的社群網站上，貼的是去各處玩樂的照片，外人還以為他是被寵壞的富家子弟，但是卻很少人知道他每天工作 20 個小時。

　　「你必須很努力，才能看起來毫不費力。」這句話形容他再好不過了。

　　這些讓我尊敬的人，大概就是這樣，勇敢並且孤獨地朝著自己的目標前進，即便被主廚的鐵盤子砸得疼痛，成天被呼來喚去，或是住在老鼠屋裡面……都沒有關係。因為有目標的人，一點都不在乎路途上這些擋路的小樹枝。

馬德里的夏夜，
俄羅斯式的一夜對話 _

我在工作上算是安靜的人，只有偶爾合得來的同事，才會多聊一些事。因為大家都不認識，講的大多是很重複的話題。「在杜拜住在哪一區？」「今天到航點之後要幹麻？」「這個月的班表怎麼樣？」

再不然就是一些非常私人的事情，「跟前任男朋友怎麼分手的？」「誰和誰出軌了。」閒聊沒什麼意義，深聊，又太越界。

在工作的時候，總會有一些同事喜歡抱怨客人的行為，但大多數都是差不多的內容。像是，在客滿的航班上，一家五口被排

到分散的座位，他是怎麼在客人抱怨連連的情況下，把他們安排在附近的位置。或是客人帶了超多行李上機，他多麼辛苦的找到空間放置他們的行李。

在聽到這種抱怨的時候，通常我只會微微笑一笑，然後趁機溜走。因為這些事情就是我們每天工作的一部分，幾乎每一個航班都會遇到的事情。聽到這樣的抱怨，心裡總是覺得：怎麼會遇到這麼平常的事情還這麼大驚小怪的呢，你是第一天來上班嗎？但我不會講出來。

也就是因為這樣，很多組員在剛開始跟我工作的時候，可能會覺得我不是太好親近。但我也不是不會講工作上的事，只有在遇到覺得實在太不可思議的狀況的時候，才會以笑話的方式跟大家分享。

比如說：在我蹲在小小的廚房裡面，把熱食塞進推車的時候，剛好堵住廚房窄窄的通道。一位身高很嬌小的客人想要走過去，沒跟我說一聲，就一腿跨過我的背，但又因為身高實在太迷你了，另一隻腿跨不過去，只能坐在我身上。

我工作做到一半，突然有人坐在我背上，當下是非常困惑。心裡想著：「小姐，妳騎在我的背上喔～」她掙扎了一陣子，才

讓另一隻腿也跨過我的背，小碎步地跑走，什麼話也沒說。

像這種有趣的情況，我才會以笑話的方式跟其他人分享，「我是馬嗎？」然後學了一聲馬叫。總之，在工作的時候，我開口的時間算是非常少。

在一個馬德里航班上，我照常不是太常講話，任著其他組員在四周吵吵鬧鬧的。直到一個俄羅斯女生組員丟出一句：「邦妮，我覺得妳話好少，可是講出來的話都蠻好笑的。」這不像俄羅斯人會說的話，她們不太習慣稱讚陌生人，這讓我有一點意外。

到了馬德里已經是晚上。在 check in 之後，我們一群組員一起進到電梯裡面。這時候，大家已經在約待會兒要一起下樓吃晚餐，但我跟俄羅斯女生都沒有搭話。直到出了電梯，我要進房間的時候，看了她一眼。她才輕輕地說出：「我們等一下去市區喝杯酒好嗎？就妳跟我。」「好，一個小時後見。」

週末的夜晚，馬德里市區非常熱鬧，我們坐在一家希臘酒吧裡，吃著法式的鹹可麗餅。兩杯加勒比海的調酒下肚，她開始跟

我說起自己愛上一個已經結婚的男人。

　　她飛到紐西蘭的奧克蘭的時候，愛上了一個當地的導遊。認識他之後，不論她飛行到什麼國家，時差又是差多少，每一天導遊都會在她下班之後，與她視訊。並且跟她約定好時間要來杜拜見她，兩人已經達到相愛的程度。

　　有一天她心血來潮，找到了他的臉書。發現他的照片裡頭，有許多與妻子和兩個小孩的合照。她找他理論，他卻說他正處於快要離婚的過渡期，所以也不是故意要隱瞞欺騙。但大家都心知肚明，婚姻這件事情錯綜複雜，不是說了再見，就能離開家庭的。故事大概是這樣。

　　「太晚遇到他了。」她撐著臉，吐出這麼一句。
　　「妳有沒有相見恨晚的經驗？」她問我。
　　我想了一下：「恨晚沒有，但太早遇到倒是有。」幾年前，因為兩個人都還太年輕，各自前往不同國家為未來打拚而分開。
　　「那妳不遺憾嗎？如果可以晚一點遇到彼此，結果就會不一樣了吧？」
　　「可能是這樣吧，但如果在不同的時空背景下遇到，我們可能也不會喜歡上對方。」

「這麼說也是很有道理啊。」她點一點頭。

俄羅斯女生說，在他們國家的文化裡面，男生付錢是理所當然的，並沒有夫妻要共同擔負家庭經濟這樣的情況。男方應該要擔任經濟的支柱，女方要什麼，男方必然要買單。

「這也沒什麼好奇怪的，俄羅斯男生通常也不覺得這有什麼問題。」她聳一聳肩。

在我熟悉的文化裡面，也有很多男方買單的案例，但這比較像是個人的偏好，或是在權衡男女雙方的經濟能力之後，做出的決定，沒有一定是要誰出錢的規定。但聽她這麼講，在俄羅斯，男生買單好像是社會現象。「其他國家的女生，實在是太委屈了。」她誇張地笑一笑。

「我大學住在倫敦的時候，約會過的幾個男生，都堅持男女各付一半。什麼嘛，我連一點點都不要付。」她繼續說。

「但在做了杜拜的空服員之後，領的薪水算還不錯，基本上俄羅斯本地人的薪水不會有這樣的水準。所以要交一個俄羅斯男朋友，也是挺困難的。因為如果我自己一個人就能維持一定的生活水平，當然要找一個經濟能力更強的人搭配才行。」她說。

午夜 2 點，所有餐廳和酒吧都拉上鐵門。我跟她坐在人行道的椅子上，有時會有三五成群的年輕男子經過，對我們吹吹口哨，或是大聲招呼，試圖引起我們的注意。但是我們太專注於彼此的對話，也不願意回應那些輕浮的言語。

在黃黃的街燈照映之下，她跟我說著自己的孤單，我數著自己的遺憾。

「我在搬來杜拜之前，有一個俄羅斯男朋友，我差一點要嫁給他。但是來了杜拜之後，可能就像我剛剛說的，自己的經濟能力變得不錯，一直逼他也要來杜拜工作。不然以他在俄羅斯的薪水，要怎麼跟我共組家庭呢？他嘗試了好幾次都沒成功，所以我們就因為這樣分手了。

即使是這樣，他還是一直關心我。在半年前，他的生日派對之後，他酒醉駕車，車禍去世了。他在上車之前，還打電話給我。但我在飛機上，沒能接到他的最後一通電話。」

我完全沒有預期，在面對一個幾乎是陌生人的我，她會講出心底這麼難受的故事。

我們都搖搖晃晃的，酒精讓脈搏跳得特別大力。好像是脈搏

跳一下，身體就晃一下。最後聊到我們都不勝酒力。

「我們回去吧。」我說。

隔天回程的航班上，我們像是兩個知道對方太多故事的陌生人，還是專注著工作，並沒有特別熟識的樣子。在航班結束之後，只給了彼此一個輕輕的擁抱。在這麼多組員的公司裡面，我們都知道，不會再遇見對方了。

不論是與這個女生的相遇，或是我以前逝去的感情，都是一樣的。相見恨晚、相見恨早，我都只慶幸，即使是錯過的人，在某個時間點上，曾經看過我哭，或者逗過我笑。

馬德里一個夏天的晚上，俄羅斯式的一夜對話。

學習，
對外堅強、對愛的人柔軟 _

　　雅典的眾多小島中，最有名的就是聖多里尼，聽說這裡是擁有全世界第一名美麗的夕陽，和充滿藍白色建築的地方。我從以前就嚮往能去到這個風景美如畫的小島，更想帶著媽媽和弟弟一起去。媽媽也是空服員，她去過的地方很多，但是聖多里尼她也沒去過。

　　從雅典到聖多里尼能以兩種方式到達，一種是搭船，一種是坐飛機。我心疼家人都遠從台灣來度假了，還要奔波渡船，跟媽媽說我會買好機票；但她心疼我花太多錢，說：「我們可以一起搭船，沒關係的」。

　　「互相心疼」大概可以成為我們家人間情感的代名詞。

　　聖多里尼的住宿在旺季的時候非常貴。我找了一間樓中樓的飯店，這家飯店小而美，牆面跟聖多里尼的其他建築一樣，都是藍白色的，窗外可以看到一整片海。飯店中間有一個漂亮的藍色泳池，很多來度假的旅客都擦上助曬油，在池邊曬太陽，也算充滿地中海悠閒感的一處風景，不過，一跟海的景色相比就相形失色了。

　　地中海的藍，跟其他地方的藍不一樣，它的藍像是一雙藍眼

晴，清澈得可以看穿生活中柴米油鹽的煩惱，望著這樣的藍，也就像是沒有煩惱了。

　　聖多里尼的路幾乎都是陡坡，城市都建在懸崖峭壁上。在行前，媽媽不允許我們租車，因為怕我不熟悉路況，開車掉下山崖。但到不同國家旅行，除了大眾交通運輸方便的地方以外，租車已經是一種很自然的事情。像聖多里尼這樣的地方，我擔心去各個景點要擠公車很麻煩，於是在抵達之後，我再次向媽媽提出要租車的要求，沒想到她竟然同意了。

　　租車公司把車牽到飯店，我下樓付錢，但駕照忘在房間裡，於是又跑回房間拿。這時候，媽媽問我：「為什麼要駕照？」，我一頭霧水地回應：「租車當然要駕照啊。」就跑出去簽文件了。

　　手拿著鑰匙回到房間，一開門，就感覺氣氛很不對勁，整個空氣彷彿凝結了，沒有對流。弟弟坐在床上安靜地滑手機，媽媽不停地掉眼淚。當下我才知道——她誤以為我所謂的租車是包含駕駛的，她以為我是付錢請駕駛幫我們開車，直到我回房間拿駕照，她才知道是我要自己開車。

　　當下我還是不解，這有什麼好哭的呢？她說怕我開車掉下山

崖。我堅持自己既然路不熟，一定會開得很慢，不會掉下山崖，她還是說她怕。

爭論了一陣，我開始有些不耐煩，但依然請櫃檯打電話給租車公司，要他們再回來拿車。我不斷向租車公司的人道歉，他們雖然無奈，但也能夠理解。居住在氣候炎熱區域的人，好像比較隨遇而安，不太會動怒。

「外婆以前膽子小的時候，我也會很不耐煩。但我年紀大了才懂，後悔當時跟外婆吵這些事情。有些事情是妳年紀大了，才會懂的。」我媽跟我說。「妳以後記得我說的這些話。」

我很少考慮到媽媽年紀的事情，一直以來她在別人眼中，就是那個優雅的客艙經理。年紀這種事情，在空服員的世界裡面，增長得好像特別慢。也不知道是不是一直不停地活動，又對儀表有一定的重視，所以不太顯年紀。

總之，當下我雖然停止與她爭辯，但並沒有被說服，她也看得出來。這樣的情緒我在幾年以後才開始理解，對母親應該要更柔軟一點。應該說，應該要最柔軟，不可以不耐煩。

媽媽說我在搬到杜拜之後，個性變得很堅硬，是別人穿不過

去的那種。因為住在一個沒有任何人能當靠山的地方，說家也不完全是家，任誰都是為自己著想的。性格堅硬的這一道牆，在潛意識裡越築越厚，如果不自知，是無法學會柔軟的。這也是在杜拜住了幾年之後，我才自己意識到的事情。

除了這一段插曲，跟弟弟晚上睡覺的呼聲會把我吵醒之外，聖多里尼的一切都非常緩慢舒暢。我們按照飯店人員的推薦，在費拉（Fira）找到一間露天的海鮮餐廳。我們連續兩天都去同一家餐廳，點同一道海鮮拼盤，再要上一杯白酒，看著夕陽下山。

看夕陽最有名的地方，是在聖托里尼的伊亞（Oia），這裡的石洞屋充斥著畫廊與藝術品，展出的許多作品都是藍白色的，而且都沒有稜角，什麼都圓圓滑滑的，連階梯也是。我在這裡給媽媽買了一條畫著伊亞美景的藍白色絲巾，她說捨不得圍。我們去哪裡都是手牽著手，這是從小的習慣；小時候，我不讓除了爸媽以外的人牽手，可能傷了很多長輩的心。

接著，我們到海邊划獨木舟，媽媽在岸上等我們。跟弟弟划同一艘獨木舟的好處就是——我根本不用划。因為不像跟朋友一起划嘛，總要給個面子出點力，跟弟弟一起的話，可以直接把槳放著，拍照就好。

海邊離飯店有一段距離，我們搭計程車來回。晚上回去的時候，計程車在蜿蜒的小路上不斷上下坡，也沒有什麼路燈，向車外撇一眼就是山崖。我們整家累得在車上打盹，偶爾車身顛簸時睜開眼睛，是另一台車在小路上與我們錯身而過。那時候才理解，為什麼媽媽堅持不要我開車。

旅途的最後兩天，我們回到了希臘的首都雅典。在雅典的時間，我們決定全部參加觀光巴士的行程。觀光巴士會在固定幾個景點之間讓你上下車，不想去的景點可以自行跳過，想待久一點的景點就可以花多一點時間，非常自由。

雅典的景點很多，我們也就走馬看花，畢竟跟家人出來玩，最重要的還是吃吃喝喝。無論到哪一家餐廳，我們都非得要點烤章魚，這大概是我最喜歡吃的一道希臘菜，一份就是一隻章魚觸手。如果發現餐廳沒有烤章魚，就會特別失望。連到現在，我工作飛到希臘的時候，也會特別找賣烤章魚的餐廳。

印象最深刻的是，當時尋著當地人的推薦，找到小巷弄裡頭的屋頂餐廳。媽媽到現在還會回憶那一餐有多麼豐盛又難忘。可

惜當初寫著餐廳名稱的那一張紙，也不知道丟去哪裡了。我接連幾次來到雅典，都想試著找回媽媽最喜歡的那家餐廳，卻都沒有找到。

我曾上網看到一家餐廳的夜景照片，很像我們當初去的那間，按著地圖探訪，只找到一家只賣飲料的酒吧。那天跟家人在雅典度過的難忘夜晚，可能是不小心踏入了什麼祕境吧──這樣聽起來可能比較浪漫一點。

現在跟媽媽講到希臘啊，她總會說：「我們那一趟旅程吃得好好喔，吃的餐廳都好好吃。」而我呢，雖然很回味這一趟旅程，心裡卻有點緊緊的，可能是遺憾當初應該對母親的心情更理解一些。但這趟旅程也讓我經過一段震撼教育，第一次開始學習在出社會之後，對外界強硬的同時，也對愛的人柔軟的放下身段，大概是這樣吧。

✈ *Amsterdam, Netherlands*

尋找那涓細水長流 _

好朋友達芙從台灣搬到荷蘭，與遠距離戀愛多年的男友一起生活。每次我飛阿姆斯特丹的時候，她就會放生男朋友一個晚上，來飯店窩著我睡。我們會先去超市採購多到提不動的高卡路里食物，馬鈴薯片、蛋糕、巧克力、馬芬，接著換上睡衣，坐在床上邊聊天，邊消滅它們。

「這大概就是女生的派對吧。瘋～狂～啊～」我用力地咬了一口蛋塔。

女生聚在一起，不免俗地總花上大部分的時間討論感情。不過每次當她問我：「感情狀況怎麼樣啊？」我的回答都是類似的，嘴裡嘓一口氣，擠出來。好像放屁的聲音。法國朋友常常這樣做，大概是「天曉得？」的意思。

「空服員的感情生活，不是應該很精彩嗎？」她問。
「應該是這樣沒錯，不過這樣的感情，像是遍布草地上的小野花。是可以採，但這些花通常都沒辦法帶回家，它們太脆弱又太小了，沒辦法放進花瓶裡。帶回家以前，就枯萎了。

在航班上，時常會收到客人遞上的聯絡方式，有一些是壓在商務艙吧台喝完的高腳杯底下，有一些是寫在菜單上，字體歪歪斜斜的信，或是把電話號碼直接塞在我制服的口袋裡。」我說。

「說到這個，剛剛有兩個客人留名片給我。」我從制服口袋掏出兩張名片。「其中一個荷蘭男生，在下機的時候停下腳步，伸出手。我以為他要跟我握手，沒想到他緊張地跟我說：『如果妳單身的話，我想認識妳。』塞了一張名片在我手裡，轉身就跑掉了。」

「妳會傳簡訊給他們嗎？」她問。
「不會。」

「那在國外過夜班的時候，都不會遇到男生嗎？」她繼續問。
「嗯，會啊。前幾天去波蘭華沙，我又去了幾個月前去過的同一家餐廳。

『妳是不是 8 月才來過這裡？』服務生問。
『是啊。』
『當時想來認識妳，不過有點不好意思。沒想到妳居然又出現了，大概是命運的安排，我註定是要得到妳的聯絡方式的。』
　　或是，我跟一群組員在曼谷街頭閒晃，遇到了稍早航班上的一群英國男客人。金髮，開扣襯衫，穿著特別短的卡其色短褲，好家庭出身的樣子——『哇，又見到妳們！今晚喝酒，我們請客。』

空服員的交友圈範圍跳脱出了國界的限制，不過都是很淺短地、蜻蜓點水般地認識朋友，沒有深刻的情緒。而且妳也知道，感情是需要時間相處培養的，我每個地方都只停留一天，是要培養啥啊？」我露出大嬸的口氣。

「我想到了，這就是俗稱的豔遇。」我想了大半天才想起這個詞。「不是情色的那種喔，是在異國被人喜歡的豔遇，不同膚色、不同腔調、不同國籍，叫做異國豔遇。這太淺薄了，我想找一個跟我同進退的隊友，兩個人共同對抗世界的那種情感。」我誇張地擺出戰士的姿勢。

「那麼，自家的男同事呢？」達芙吃完一包洋芋片，考慮著接下來該吃什麼。

「可能可行吧。」我說。「不過，兩個人如果都在飛行的話，班表是對不上的，所以一個月也只能見幾次面。見了面的兩人，疲倦地活在不同的時差裡。他要睡覺的時候，你醒著，你累的時候，他剛睡醒。最後可能就會變成生活鮮少交錯的室友啦。」

於是，我們飛成了一個個孤單的個體。渴望在各國飛行回家之後，有個人陪伴。希望在落地打開手機的瞬間，有簡訊來關心。

期盼在男歡女愛的複雜世界中，找到一涓細水長流。

飛到後來發現，最讓人掛念渴求的事情，不是看那美洲的山啊、非洲的海啊，也不是什麼浪漫的異國豔遇；而是妳生病了，有個人自願幫妳煮飯，是妳疲倦了，有個人來接妳下班。

「可是我每天在家看我男朋友，也看得很煩啊。」她開玩笑地說，嘴角卻笑得很甜蜜。「他會幫我煮飯，可是妳知道嗎？荷蘭人就愛吃三明治，我每天吃三明治吃得快瘋掉了，我說還是讓我來煮飯好了。」

「人家幫妳做飯，你還嫌！」我拿藍莓馬芬丟她。

清晨 3 點鐘，達芙的眼睛已經快要睜不開了。

「好啦，妳先去洗澡啦。」我說。

「妳怎麼還不累啊？」她打了個呵欠，伸了伸懶腰。

「我是空服員啊，很擅長熬夜的。」

空服員的感情生活看似精彩，其實是挺寂寞的。在離家千百里的地方，想遇見一個真實的擁抱，以及一句：「歡迎回家」並不容易。

　　不過這麼說起來，人們不都是想要自己沒有的東西嗎？我們現在所擁有的，其實已經足夠。

尾聲 _

寫這本書的這幾個月裡頭，我在世界各地的飯店裡面、在杜拜的家裡頭坐著，同一種快要生根長出樹葉的姿勢。努力回想、仔細拼湊出過去幾年所發生的種種，過程好像在喝著一碗嗆辣卻酸甜的五味雜陳湯。

「我知道自己好像成長了不少，就實在沒想到這麼多。」

這份工作是這樣的，日復一日、被動地接收著大量的資訊，久而久之也就習慣了，不太會深入挖掘。沒日沒夜的飛行，我從來不知道今天星期幾。一個一個班表地過生活，時間是過得很快的。有時候倉促地回頭，會覺得自己沒有成就太多事。不過，這份工作就是不斷地在旅行，旅行所能帶給你的，是故事、知識、文化等等，這些看不見也摸不著的東西。

讀書與旅行是相輔相成的，這兩件事都是在腦海中收集很多散布的圓點點，這些點點會在你經歷某件事情，或是學習到新的資訊時，逐漸串連在一起。像是小時候的「連連看繪畫本」。腦

中的這幅畫，會因為經驗的累積而變得精雕細琢，這些都是需要
時間的，急不得。

　　所以當自認沒有明顯成就什麼的時候，其實只要仔細地對比
腦海裡這張圖，從過去單純的點線相連，演變到現在這樣的複雜
程度，就能深刻感受到其中的成長。

　　在杜拜生活是一件奇妙的事，所有組員都口徑一致地說：「這
就像活在一個巨大的泡泡裡。」這可沒有事先串通喔！如果我問：
「你腦海中的大泡泡是什麼顏色的呢？」大家都說得出，這顆看
不見的泡泡──「是粉紅色的喔！」有如夢境一般的顏色。

　　在這顆泡泡裡面過的生活，沒有太多柴米油鹽的煩惱，大多
數生活之中瑣碎的事，都被照顧得好好的，不像是真實人生。大
家都是離鄉背井在這裡居住，大部分真正揪心的、感性的、在乎
的人，都不跟你同在這顆泡泡裡面。總覺得真實的人生好像都發
生在自己的生活範圍外面──

　　「長輩老去、朋友結婚、家人生小孩，這些人生大事都發生
在泡泡外面，我卻一個人在泡泡裡面。」

　　我決定以一年感恩節在倫敦的故事做為結尾。

　　每個遇到我的人都說，他們羨慕我的生活方式。他們覺得我每天就是在無憂地旅行，在異國風情的輕撫下醒來。即使我熱愛這份工作，還是想娓娓道來，這份工作不只是如眼見那樣優雅而浪漫。

　　今天是感恩節，我來說說昨晚的故事。
　　到了倫敦之後，我拖著行李箱進到空蕩蕩的房間裡。我把行李箱打開，「喀」一聲，解鎖的聲音襯托著整個房間的寂靜。

　　「媽登機了，感恩節快樂，愛妳喔。」我收到媽媽傳來的訊息，她正要值勤去日本。
　　「感恩節快樂，辛苦了，我也愛妳。」我回覆。

　　換上了舒服的衣服，拿著房卡，到了樓下的餐廳，櫃檯對我笑了一下：「提早跟妳說聲感恩節快樂，今天幾位用餐？」「一位。」我說。替我服務的阿姨在我坐下後，收走桌上多餘的幾組餐具。我盯著空蕩蕩的餐桌，跟充斥著陌生談笑的餐廳。我坐在倫敦的機場飯店裡頭，一個陌生的地方。

　　在那一瞬間，我才意識到自己是一個人。媽媽的班機也起飛了，我不知道還能打電話給誰，於是我把耳機裡的音樂開得很大

聲，想要掩蓋寂寞的聲音。

我知道有些人會說：「這不就是理所當然妳工作的一部分嗎？」是的，我並不是要博取任何人的同情。只是正當我在寫這一篇文章的時候，腦中浮現一張張我想念的臉龐。我打著字，試圖不注意包圍著我的孤單。但此時此刻，我只希望能有一點點正常人類的噓寒問暖，跟我在乎的那一些人。

我並不盲目，我知道自己多麼幸運。帶著一本護照，穿梭在各國領空；我知道自己多麼受祝福，在短短人生中，看盡世界百態。但今晚，當我在一個充滿陌生人的餐廳裡頭吃飯時，我突然很想家。我想念家人，跟家裡的那一隻烏龜。

我過著一個瘋狂、有趣、冒險的生活。看過無數美景、經歷過太多故事、護照被蓋到快要沒有空白頁。但不管每天跟幾百個人一起在狹小的客艙度過，還是無法改變這樣孤獨的事實。

那些我愛的、愛我的人，都只出現在生活的某個短暫片段裡。那些「我想你」、「之後見」，今天出現在上海，明天在德里慢慢消逝。我不斷地在世界各地空蕩蕩的飯店房間裡睡著、醒來，不確定今天的房號是 214 還是 412。我不停地在世界各地起飛、

降落，有時卻想不起來現在身在何處。

　　我開始懷疑這樣的孤單是否值得，不過，旅行已經是血液裡的一部分，這不就是自己選擇的生活方式嗎？一種難以戒掉的癮頭，身為空服員的朝朝暮暮。

Bonnie
2019/02/13

玩藝 79

空服員邦妮 從杜拜出發的飛行日記
揭開機艙中的人生百態和你所不知道的空姐二三事

作　　者—邦妮（Bonnie）
封面攝影—江島立夫
主　　編—汪婷婷
責任編輯—程郁庭
責任企劃—汪婷婷
藝人經紀—星球娛樂有限公司
封面設計—李涵硯
內頁設計—花樂樂

總　編　輯—周湘琦
發　行　人—趙政岷
出　版　者—時報文化出版企業股份有限公司
　　　　　　10803 台北市和平西路三段二四〇號二樓
　　　　　　發行專線（02）2306-6842
　　　　　　讀者服務專線 0800-231-705、（02）2304-7103
　　　　　　讀者服務傳真 （02）2304-6858
　　　　　　郵撥 1934-4724 時報文化出版公司
　　　　　　信箱 台北郵政 79 ～ 99 信箱
時報悅讀網— http://www.readingtimes.com.tw
電子郵件信箱— books@readingtimes.com.tw
時報出版風格線臉書— https://www.facebook.com/bookstyle2014
法律顧問—理律法律事務所陳長文律師、李念祖律師
印刷—詠豐印刷股份有限公司
初版一刷— 2019 年 3 月 15 日
定價—新台幣 380 元
（缺頁或破損的書，請寄回更換）

空服員邦妮從杜拜出發的飛行日記：揭開機艙中
的人生百態和你所不知道的空姐二三事 / 邦妮著.
-- 初版. -- 臺北市：時報文化，2019.03
　　面；　公分. --（玩藝）
ISBN 978-957-13-7678-3(平裝)
855　　　　　　　　　　　　　107023251

特別感謝 愛樂芬生活家 ALOVEFUN　Bisou Bisou Store　JENDES